余命10年

[日] 小坂流加 著

张静乔 译

四川文艺出版社

一

街道在热浪之中晃晃悠悠。

大楼林立，其间的窗口明灭如灯塔。交错而过的电车的残影逐渐褪去光亮。从熙熙攘攘的人群中奔向小巷的孩子们，仿若踩着水泥地上明灭的光点那般匆匆跑掉。公交车与喧哗声擦肩而过，从车上下来的乘客被光亮刺伤了眼，一路小跑地躲进建筑物下端勉强延伸出来的墨色阴影之中。自动门一开启，灼烧的肌肤立刻被冷风治愈。进入建筑物的人们无不安心地舒了口气。

这个被白色的天花板和白色的墙壁包围着的地方，仿佛被盛夏遗漏了。在这个夏季，茉莉只能透过窗户注视着夏天的光景。涂满了白色的天花板和墙壁散发着寒意，照到亚麻油地毡的光线波动都显得微弱。放在窗边的向日葵和红色算数习题册鲜艳的色彩似乎都被这个空间吸尽了元气，花朵看上去已经枯萎了。

室内回响着记录礼子心脏跳动的机械声。

规则滴落的点滴又闪亮了一下。

“茉莉，你的人生中有什么后悔的事吗？”

肌肤比床单还苍白的礼子微笑着问道。

茉莉沉默地倾听着。

“谢谢，对不起，我喜欢你——这些是我感到后悔的事。好想把这些想说却没说出口的话传达给那些应该听到这些话的对象。‘谢谢’要说给现如今身在美国的高中时期的前辈，当时的我交不到什么朋友，总是孤零零一个人偷偷躲起来吃便当，只有前辈觉察到了这件事，并主动跟我搭话。‘对不起’是说给小学时期饲养的狗所生的小狗的，妈妈表示家里养不了小狗，就把它带到了附近的兽医那里，我想对造成它们母子分离的事而致歉。‘我喜欢你’要说给学生时代打工时所在店面的店长，如果当时向他表明了心意，想必会成为一段不伦之恋，所以我什么都没说，但总感觉现在能够说出来了。我只是说说而已，不会萌生爱意的，所以请放心。因为我的爱已经在另一个人的身上萌芽了。”

这是茉莉和礼子之间最后的对话。隔周，礼子便踏上了旅途，前往谁都没有亲眼见识过的地方——天国。

礼子的丈夫在病房前的走廊中哭到崩溃。一个紧抱双臂、背着书包的男孩紧咬嘴唇，瞪视着天空。算数习题册被男孩捏在手中，鲜红的色泽映在从远处眺望的茉莉眼中。丈夫悲痛地抽泣，男孩用自己细瘦的手臂抱住父亲。

那个偶尔会与茉莉在大厅中遇到并交谈的礼子死了。这一切，仿佛让茉莉看到了 10 年后的未来。

茉莉的体内，有着和礼子相同的疾病。

20 岁的夏天，她初次目睹了真实的死亡。

高林茉莉很清楚什么是“晴天霹雳”。在此之前，她的生活虽称不上是晴天，却也是没经历过大雨的、平凡单调的人生。但就在这样的人生之中，“那个疾病”却突然降临。

“寿命长短因人而异。从高林小姐的状态来看，不会立刻就怎么样；但就这种疾病来说，谁都说不准何时就会发病。”

紧急入院的一个月后，在病房楼某个狭窄的房间里，医生向一家人如此告知。

父母顿时面色苍白，纤弱的姐姐不禁用手绢掩面。医生尴尬地将视线落在病历上。唯有当事人笑了起来。

“我知道的，余命 10 年，再没有人活得比这更久了。”

茉莉说着，向众人展示了用医院内网查到的资料。房间内的气氛更糟了，可茉莉却笑得更欢了。

为了住院而买的睡衣还像全新的一样，穿在她的身上，使得她的肌肤也如同新睡衣那般年轻，整个人看上去完全不像病人。

“没关系啦，反正我也不喜欢变成老太婆，这样正好。我没问题，还有 10 年的人生也足够了。”

年满 20 岁的她无所畏惧。在这个时间点上，她的一番话完全不是谎言，对于自己年纪轻轻就要死去的事实，她只感到恍惚。

即便将病名告知他人也毫无意义。过着平凡日子的人们，对于这种疾病的名称几乎没有概念。

若不是成为医生或患者，普通人一辈子都没有机会了解这种疾病。病名是一串由器官名称和症状组合起来的 8 个汉字，日本国内的医疗机关甚至认定此病为“特异且稀有的疾病”。

如果能平凡地生活下去，常人完全遭遇不上，朋友之中也无人知晓其名的稀有疾病，在高林家，只有父亲能够说出其正确的名称。

祖母也是因为相同的疾病，年纪轻轻便离开了人世。向来冷静的父亲在得知她的病名后，情绪激动地向医生不停逼问。医生面露苦涩地告诉他：“遗传性病例也是存在的。”父亲曾目睹过自己的母亲是如何走向死亡的。听闻医生的话，他的面色逐渐铁青，最终变得惨白。茉莉真切地感受到，父亲被绝望、恍惚和乏力感同时袭击，他的灵魂仿佛在那一瞬间凝滞了。

茉莉感到害怕，她利用医院的电脑对这种疾病展开了更加彻底的调查。

在知晓发病率的时候，茉莉感到吃惊又绝望。这种疾病的发病率比彩票中彩还低，自己连居委会上的抽奖都没中过，为什么偏偏会在这里“中头彩”？虽说存在亲族遗传的可能性，但和自己年龄相仿的亲戚有好几个，为什么偏偏只有我“中奖”了？面对映入眼中的数据，茉莉茫然不知所措，任由时间流逝。

不久之后，茉莉迎来了初次发病：她昏倒不省人事，接受了一场大手术，每一天都看不到出院的迹象，胸口留下了巨大的手术疤痕，脸色不断变差，皮肤也变得粗糙……慢慢地，茉莉确实变成了“病人”的样子。

本该无所畏惧的。然而，在病房这个充满消毒水味的纯白色箱子中度过的每一天，令茉莉的所有——从不怎么在意的一些碎片到视如珍宝的宝物——全都一点一点地消失殆尽。

被病魔吞噬的身体第一次感到疼痛时，她才意识到，自己身上发生了大事，也慢慢感受到，疾病给她带来了何等的损失。

当理所当然的一切变得不再理所当然，那一瞬间，茉莉感受到了恐惧。因年轻而产生的那无所畏惧的强大内心，早已被破坏殆尽。

发病的时候，茉莉会数日不断地剧烈咳嗽，即使躺在病榻上也会痛苦不堪。氧气面罩戴了又摘，在重症监护室和普通病房之间来回转移的日子每天都在继续。

只要现代医疗技术找不出治疗的方法，就不会有特效药。茉莉目前能做的事唯有焦急地等待死亡，在愤怒和悲伤都无从发泄的残酷疾病之中挣扎。从住院开始算起，一年时间转瞬即逝。

依靠体内医用导管的连接而勉强续命的茉莉，仰望着阴气森森的白色天花板思忖着。

那个“无敌”的自己已经不复存在。她被抛离和朋友们共同的轨道，渐行渐远，再也无法回到从前的生活了……

意识朦胧间，茉莉迎来了 21 岁的生日。她从短期大学辍学，朋友们却步入了社会。只不过，茉莉仍然被病魔牵连着。

唯有寿命飞快地超越了朋友们。

如果还剩下 10 年的寿命，你会做些什么？

你会觉得时光漫长从而摆出悠然的姿态，还是会认为太过短促从而奋力奔跑？

假如被宣告只有 10 年可活，你会在下一个瞬间做些什么？

二

两年过去了。在茉莉 22 岁的春天，她出院了。

所谓的“治疗”全都做了个遍，刚获批的药物、尚未获批且无法纳入保险的药物也全都试了个遍。尽管如此，正如某位伟大研究者在论文中所论述的那般，这种病仍然无法完全治愈。虽说能够回到家中静养，但由于不知何时又会发病，一切活动和过度运动全被禁止。为了能给在连锁反应下恶化的心脏和内脏机能减轻一些负担，茉莉开始控制饮食；住院期间增加的药也必须严格按照规定服用。

尽管体内存在着一颗巨大的炸弹，但茉莉还是熬到了出院，这让她在心里舒了口气。

从惨白的病房和与他人的共同生活中解放出来后，茉莉坦率地认定自己能够严格遵守医生所说的那些限制。两年的时光，让她成长为一名出色的“患者”。

离开医院，她首先做的事就是仰望天空。

“天空……真蓝……”

伸出手去，天空似乎触手可及。她将因渴望抓住什么而伸出的手握紧。

松开拳头，她又看着手掌露出微笑。只见手心躺着樱花的花瓣。

“茉莉，顺路去哪里走走吧？”

将行李塞进后备厢的父亲转头提议。茉莉轻轻点头。

“想去看樱花。”

“那就顺路去公园，在那里吃点冰激凌。”

“嗯！该吃什么口味呢？牛奶、巧克力，还是酸奶？草莓或者杧果口味的也不错。啊，还有季节性的口味，好难选！”

激动的情绪从茉莉的声音中流露出来，父母不禁相视一笑。车子驶出后，茉莉仍然开着车窗，继续仰望天空。天空无边无际，和病房的窗框圈出来的那块狭小天空终究是不同的。

茉莉把文件一一摊开在卧室的地板上。

“特定疾病的……残疾人士保险，残疾人士手册。”

除此以外还有存折和印章。打开存折一看，印有“残疾人士保险金”的汇款栏显示，从一年前开始汇入的储蓄金额已经将近100万日元。

“……这是保险金？”

“是啊，茉莉。”

在为庆祝茉莉出院而举办的派对上，一张桌子上摆满了茉莉喜欢吃的东西。派对结束之后的收拾工作似乎刚结束。姐姐桔梗走进房间。走廊另一端传来父亲喜爱的爵士乐的旋律。

“桔梗，谢谢你帮我打扫房间。”

“嗯。我说，茉莉，下个休息日一起去买衣服吧，还有，你想去哪里玩吗？”

“我又不能突然剧烈活动。”

面对姐姐兴奋的提议，茉莉面露苦笑。姐姐不由沮丧地垂下头。

“对哦，你才刚出院，可不能一下子做那么多事。”

姐姐语带羞愧，茉莉慌忙继续说道：

“我想去散步。好想去附近的公园走走，坐在长椅上吃便当。桔梗，给我做点吃的吧。”

姐姐的脸庞因妹妹的一番话一下子恢复了光彩。

“这个主意好！我来做便当，保证特别好吃！”

“那就拜托姐姐啦！”

“包在我身上，我可爱的妹妹！”

“等我有了体力，就带我一起去购物吧！想买的东西实在太多了！”

“当然，让你一直忍受到了现在，现在你想买什么就买什么！昨天妈妈让我看了一下你的保险金，简直不得了，茉莉比我还有钱！”

“这可是我玩命赚来的。”

茉莉的玩笑惹得桔梗咯咯直笑。

“虽然缴税很麻烦，但只要想到这笔税金兜兜转转地变成了支撑茉莉治疗和生活的费用，姐姐就会更加努力地去工作。”

“承蒙关照了，姐姐！”

桔梗离开房间，茉莉再度将视线落在桌面的资料上。她再一次意识到，自己处于哪些人的保护之下。

茉莉小声叹了口气，和放在橱柜上的镜子中的自己四目相对，勉强挤出一丝笑容。

这里不是医院，不再是无机物般的惨白空间，而是母亲和桔梗用心打扫过的、连角落都干净无比的房间。这里塞满了自己喜欢的东西，感受不到他人的气息，没有烦人的喋喋不休的病号，也没有唠唠叨叨的护士和难以取悦的医生，完全是她的私人空间，甚至不合口味的食物也没有。母亲和桔梗说过，好吃的东西想要多少就给她做多少。在医院里累积的压力在这里统统不见了，所以明明就没有必要叹气。

茉莉躺在桔梗铺的雅致的圆形地毯上查看存折，自言自语地嘟囔着：

"茉莉，你好有钱！要买很多的衣服……还想要戒指，还有可爱的鞋子……打扮得漂漂亮亮的，然后去哪里走走。"

在喜爱的家具和各种杂物的包围之中，某种不安忽然击中了茉莉。直到此刻她才意识到，即便突然获得自由，她也无处可去。

寂静的房间里，爵士乐、母亲和姐姐的声音清晰可闻。茉莉忽然心头一颤。

得病以来，家人究竟为我哭过多少次？再也不能让任何人哭泣了，所以，我也不能哭。

无论今后的新生活中发生什么事，我都不能让家人再度哭泣。茉莉半是无计可施，半是不断斥责自己。

爸爸，对不起。

我没能穿上成人仪式的振袖和服。

妈妈，对不起。

我没做过任何一件满足你期待的事。

桔梗，对不起。

我只是个时常会想“不要对我这么温柔”的没出息的妹妹。

对不起。

我明明比你们都出生得晚，却要比所有人都走得早。

余下的时间，还有 8 年。

三

出院后又过了 3 个月，正是茉莉能够逐渐外出、开始习惯新生活的阶段。

和初中时代的同学沙苗煲电话粥，成了茉莉晚上的乐趣。

“怎么说呢，这种优哉游哉的状态真了不得！早晨醒来想想今天要做什么，晚上睡觉前再想想今天都做了些什么。是不是很吓人？我好像都有点糊涂了。”

“胡说些什么啊！你才多大呀，茉莉？”

“22 岁，但夏天一到很快就要 23 岁了。每一天过起来明明感觉很缓慢，但一个月转眼就过去了。”

“啊，这个说得通。一旦没了‘学年’的制度，时间的流逝速度好像都变了。我好像也慢慢能理解妈妈挂在嘴上的那句‘一年转瞬即逝’了。惨了，看来我确实是上年纪了！我说，既然你这么闲，不如稍微出来走走？你的身体应该也慢慢习惯散步了吧？”

“嗯，确实有在遛弯儿。”

“说什么‘遛弯儿’啊，你又不是老年人……我们去年轻人该去的地方走走如何？”

沙苗意味深长地笑了。茉莉恍然大悟。

沙苗看上去是一个有着栗色秀发、适合穿蓬松连衣裙的美少女，内里却是个彻头彻尾、纯度百分百、完美无缺的御宅族女孩。

“茉莉，回家以后你看不看动漫啊？”

“嗯，看的。谁让最近的综艺一点都不好玩呢，感觉那些爆火的全都是靠小段子和砸钱的烂哏。我又不看新闻，连续剧也没什么意思。但电视还是最能消磨时间的。”

“没错，正所谓‘电视即朋友’。”

“哇，太过分了！但还是会看的啦，动漫是唯一能够治愈我的东西了。”

“那我们就去更加治愈人的地方吧！”

“去哪儿？”

“保密。”

沙苗微微一笑。

这里是总武线和山手线的交汇处，有外国人，有工薪族，有穿法被[1]的小哥，有经过化学洗涤的古着。洛丽塔在此栖息，女仆在此阔步，巫女在这里分发餐巾纸。随处可见登山背包[2]，还有“T恤 in”[3]的时髦穿法。外国人手举相机，观光巴士停靠在电器量贩店前。这是一条结合了观光、商业、“萌”和本能的街道。

“哇哦……秋叶原……”

“对，秋叶原！御宅族的圣地！”

“我还不算是御宅族……只是喜欢动漫而已……”

“那你手机的待机锁屏又是什么？”

沙苗从茉莉的牛仔裤口袋里掏出她的手机，如同黄门的印笼[4]那般在茉莉面前亮了亮手机屏幕。只见待机画面是一名蓝色头发的少年，正是茉莉喜爱的动漫角色利利亚。

“御宅族之路正等着你！”

---

1 手艺人、工匠等人所穿的日本传统服饰，在领子或后背通常印有字号的日式短外衣。——译者注（下同，不再标出）

2 法兰绒衬衫、登山背包、轻便运动鞋等曾是“秋叶系时尚”的标配。

3 “T恤 in”曾一度是潮流的穿法。

4 “印笼”原被用于收纳印章，到日本江户时代演变为腰间存放药物的容器。在日剧《水户黄门》中，黄门常常对恶人亮出印有德川家纹三叶葵的印笼。

“咦，真的假的？不过是偶然在网站上看到的而已。”

“找到了所以就很开心，对吧！有没有想过‘利利亚好可爱，好帅气’？我懂茉莉的兴趣点，你喜欢英雄，对吧！主人公、美少年、英雄，你已经集齐了三种神器。所以，茉莉就是御宅族的同伴！”

“讨厌啦，我对御宅族……”

“好啦、好啦，总之今天当作是陪我一起玩吧。”

“沙苗，这里你常来？”

“那是当然！而且我还想买点绘画材料。”

“你还在画漫画？”

茉莉的语调中充满对初中时期的怀念之情。

从那时起，沙苗就是一名不折不扣的美少女。随着年龄的增长，她这份华丽的美感依旧没有消失。假如此地不是秋叶原，而是涩谷，她肯定会被不停搭讪的，真不赖啊——茉莉心底暗想。哪怕她全身上下都穿着维维安·韦斯特伍德[1]的套装，人们大概也不会停止对她的指指点点吧。

---

1 维维安·韦斯特伍德（Vivienne Westwood），英国时装设计师、时装界的“朋克之母”，她使摇滚具有了典型的外表——撕口子或挖洞的T恤、拉链、色情口号、金属挂链等，并一直影响至今。

沙苗以熟练的步调迈步前行，跟着的茉莉不停地左右张望。车站前的广场上，身着女仆装的女孩们在唱歌，一群人拿着相机将她们围在中央，其中突然爆发出大声的呼喊，转头一看，似乎是有人向女孩应援。

茉莉跟在沙苗身后，一边战战兢兢地往前走，一边无法隐藏自己涌起的好奇心。这一切都太刺激了。

“茉莉还画吗？”

“欸，什么？”

“画图啦，画图！你不是初中、高中一直都在画嘛。我一直觉得茉莉肯定会进美术系的。”

“肯定不行啊。不过我也想过，既然要去普通的短期大学，像沙苗一样去读专科就好了。总之画图肯定不行。沙苗是有神明眷顾的。”

“唯一被神明认可的人，是你。”

茉莉不假思索地探头看向沙苗的脸，只见沙苗略显愤怒地眉头紧锁。

“我很喜欢茉莉的画，但是不怎么喜欢茉莉高中时在美术部画的那些东西。记得那时你刚转学过来，我们曾一起画画，我最喜欢你那个时候的作品。我还想过，将来当漫画家的话，一定要和茉莉组团。茉莉转学来到东京，是为了和我相遇！我一直认为这就是命运。”

“这个……既然如此，为什么不早说……”

茉莉嘴角上扬，沙苗如同看穿了一般，半边脸扬起笑意。

“茉莉讨厌漫画研究会，对吧？”

“嗯，这个……”

“无所谓啦，时效早过了。初三换班的时候，茉莉转去了美术部，当时我就明白了，画漫画对于茉莉来说是一件羞耻的事，不过……嗯，我能理解。茉莉不是唯一会这样想的人。你看，我算得上突飞猛进了吧，可一想到这个就觉得很别扭。我真的很喜欢茉莉的画，所以一直都在关注，在升入高中后都在关注。但茉莉的画看上去一直很无趣。”

“居然说得这么严厉……”

“所以我才说‘时效’好吗，反正都是在回忆往事。”

“就算这样，还是会心痛啊……”

“才不会痛，因为我才是大受打击呢。那个被我认为‘是命运’的人就这样逃走了。”

“我又没有逃……”

“明明就逃了。”

茉莉紧盯着沙苗，半个字都说不出来。

脑海中浮现出她们仍穿着制服的那段日子。初一结束之后，茉莉从群马县的乡间转学来到东京。正是因为和沙苗相遇，让当初过不惯城市生活的茉莉能够心情愉快地迎接新开始。喜欢绘画这个共同点，让两人迅速成了好友。

从那时起，沙苗就是“漫画研究会之星”，其他人对她的崇拜之情，宛如某个部族对神明的膜拜。对茉莉而言，沙苗才是带给她文化冲击的那个人。

茉莉灰心丧气地垂下了头。

“对不起，我逃走了。”

“茉莉讨厌御宅族，对吧？”

“也不能算是讨厌……沙苗对漫画倾注的热情实在太多了。有很多想跟沙苗告白的男生，把这些男生都带到漫研会的房间的话，超级引人注目。”

“啊哈哈！那时我会一边画漫画，一边玩 Cosplay（角色扮演）什么的。难道你看到了？”

“看到了……你戴着猫耳朵画漫画，非常可爱。”

“这样啊。我还以为这是男人的浪漫呢。”

“猫耳朵？”

“猫耳朵。”

竟然能吸引茉莉的注意——沙苗发出银铃般的笑声。

“现在你是怎么想的？手机都带御宅风的茉莉？”

“嗯，说不定我真的喜欢动漫。还是说，其他的节目一看就会焦躁。我是想说，为什么会喜欢动漫呢？”

“因为动漫是梦想的世界哟。既然与自己的电波合拍，就好好珍惜嘛。这样一来，人生就会变得更加、更加广阔。啊，就是这里了，茉莉！”

从大街往一条小巷里走，在找到某栋商住两用型的楼房时，沙苗拉起茉莉的手腕。走在老旧大楼裸露出管线的狭窄走道上，茉莉心生不安，不由得攥紧了沙苗的裙角。

两人搭乘咯吱作响的电梯来到楼上，沙苗露出了无畏的笑容。茉莉能够感受到，沙苗的情绪正在不断高涨。

“这里！今天有 Cosplay 大会！”

“那是什么？我对这些事感觉有点……”

“没关系啦，什么事都要体验一下的！”

“等一下，沙苗！”

沙苗对茉莉的叫声充耳不闻，直接将她推进某个房间。

“沙苗，不要啦，好可怕！”

“胡说什么，又不会把你给吃了！”

“但……”

“你不是说自己好像变糊涂了吗？这是为了防止你变糊涂啊！”

“为什么要靠 Cosplay 来防止变糊涂？！”

“刺激啊，刺激！”

沙苗轻声微笑着，牵起茉莉的手。身穿女仆装和战斗服的接待小姐笑着道了声“欢迎光临”。其中一个女仆留意到沙苗，探出身子来询问：

“那个，是樱姬华吗？”

“欸？啊，是的。”

“今天不参加吗？”

女仆眼中的光芒堪称异常，茉莉不由得在沙苗和女仆脸上来回打量。沙苗不想惹麻烦般地咧嘴一笑，边说着“嗯嗯，是”边点头，女仆还想说些什么，沙苗就硬把茉莉推进会场，两人飞快地离去。茉莉感受到了身后一阵冷却不下来的小小的兴奋。

“我说……”

“嗯？”

“‘樱姬华’是谁啊？”

“那个啊！就是我啰！”

沙苗将印有英国国旗的包高举到头顶，哈哈一笑。她的肢体动作跟平常一样可爱，却让人不知该从何处吐槽。“樱姬华”这种过分可爱的名字，应该也是被允许存在的吧。

“说真的，如果沙苗不是御宅族的话，肯定不会缺男人……”

“二次元可比男人有意思多了！喵哈！”

沙苗像猫咪一般微微歪着头笑，随即拉起茉莉的手。

“好了，别管我的笔名了，今天就好好享受Cosplay吧，茉莉！”

“沙苗也会那个……Cos吗？刚才那个女仆好像在看偶像一样。”

“话说今天我们是来玩的，最好不要搭话。所以才说，我最讨厌小鬼了。”

沙苗此刻发出的声音，和先前那声“喵哈”简直不像同一个人所发出的。茉莉被她拖着，踏进了那片“圣域”。

只见眼前是一片宽阔的空间，在这里，能看到自己每个礼拜都兴致勃勃地观看的动漫里的角色。茉莉瞪大双眼看向沙苗，只见她又像小猫般轻柔地笑了。若说初中时期那个头戴猫耳朵、画着宏大的冒险漫画的沙苗带给茉莉的是第一次文化冲击的话，这次的冲击则堪比发现新金矿。

“怎么……怎么会这样？利利亚怎么可能真的存在？”

“振作点啊，茉莉。那就是Cos。那个人不是利利亚，不是你手机屏保里的那个少年。”

“但跟真的一样！蓝色的头发、雪白的肌肤，还穿着战斗服！那边还有利萨斯舰长！还有蒂夏！好棒，礼服像真的一样！哇，好可爱！”

“茉莉，你振作点！你的眼睛都变成心形了！”

“但这些都是什么？来自动漫世界的问候吗？”

“不如说是来自御宅族世界的问候吧。”

“欸——但也太厉害了吧！那个蒂夏超可爱，感觉跟真的女主角一样。啊，好想把利利亚带回家……”

“你当这是联谊啊？”

“真想联谊啊。”茉莉气鼓鼓地说道。

沙苗不禁笑喷了出来。

沙苗之所以会注意到茉莉在看电视动漫，是因为去医院探病时，在茉莉的病房中发现了电视杂志。茉莉标上记号的节目全都是动漫。直到被沙苗指出“这怎么像我会做的记号似的”，茉莉才觉察到，自己看了那么多动漫节目。

“沙苗也会做那——个——吗？”

“啊，算是吧。现在我对《Crobo[1]》很着迷，还打算在下个月的活动上穿蒂夏的裙子。”

---

1 Crobo：《宇宙战士 Cross board》的简称，该动漫在现实中不存在，应为作者虚构。文中提到的利利亚、利萨斯舰长、蒂夏等均为《宇宙战士 Cross board》的出场人物。

“什么活动？”

“Cosplay兼同人志[1]的售卖会。茉莉也参加吧！不是这么大规模的活动还看不到Cosplay呢。”

“哇，我去，我去！太棒了，实在太棒了！那些服装都是在哪里卖的？难道是手工制作的？素材要怎么弄？真的太厉害了，难道大家都是专业的？”

“不，都是普通的外行人。”

“真的？但是就像真的服装一样。怎么能做到这种程度啊！”

“那靠的就是对角色的爱和对作品的热情了！”

“……哇哦。”

沙苗的话令茉莉恢复了冷静，她调整了一下姿势，为自己突然的兴奋而感到有些不好意思。

“咦？姬华！”

“啊，是姬华！”

身穿战斗服，头戴红色、蓝色、粉红色假发的一伙人朝沙苗聚拢过来。这些动漫角色和沙苗亲昵地交谈着，茉莉无法融入这个圈子，只得再度环顾会场。

---

1 同人志：与商业志对应，指某领域爱好者聚集在一起，共同创作的非商业性自制刊物。

住院的那段日子，茉莉那段莫大的“空闲”时间是和电视相伴度过的。连续剧、综艺、新闻、动漫，茉莉网罗了各种电视节目，而随着住院时间的延长，像是只报道杀人事件的新闻、不好笑的综艺、以同辈人为主人公并言之凿凿地表示“这就是现在 20 多岁的一代人”的连续剧，先后从她的节目观看表中消失了。

最后留下的唯有动漫。只有动漫是假想出来的，只有动漫不会给她带来压力。

茉莉环顾会场，只见扮演动漫角色的 Coser 们在相机的闪光灯之中笑靥如花。《Crobo》的主人公存在于此，唯一能让茉莉感受到乐趣的东西存在于此。

朝旁边看去，被称为“姬华”的沙苗正兴致勃勃地与人交谈。没错，沙苗始终是一副开开心心的模样——无论是画漫画，还是戴猫耳朵的时候，在茉莉的记忆中，她完全没见过消沉的沙苗。

“茉莉，不好意思，他们都是和我一起 Cos 的伙伴！”

“这样啊……”

“怎么了？啊，你累了吗？差不多该回去了吧？今天就是想让茉莉见识一下，世界还有这样的一面。你看，动漫也能通过各种方式体会到乐趣的。闲着的时候只是发呆，简直太浪费了！啊，但刺激还是太强烈了，对吧？”

“太强烈了……脉搏加快，血压也飙上来了。”

“呜哇，惨了！回家，回家！这样可不行，健康第一！”

被沙苗拉住手的当口，茉莉感觉自己轻飘飘地浮了起来。

“头一次的 Cosplay……”

“茉莉，振作点！你不是讨厌御宅族吗？”

“大家看上去都好开心……”

“啊，活得真实点！”

“感觉好像在做梦。”

那是一种仿佛瞬间坠入爱河的心境。

离开会场回到秋叶原的大街上，茉莉仍旧轻飘飘的。沙苗牵着茉莉，把她带到不怎么刺激的快餐店，给她买了一杯乌龙茶。

“是不是刺激过头了？”

沙苗反省般地边挠面颊边发问。坐在窗边的茉莉仍然头脑发晕，只是笑着说了声“太强烈了”。

“茉莉，总之先补充点水分。”

“啊，好的。顺便把药也吃了吧。”

“咦？等一下，你得先吃点东西。我去买点薯条。”

“啊，麻烦你了。啊，但薯条不行，我不能吃盐分太高的东西……”

“嗯……那我去看看有没有沙拉之类的东西。”

沙苗转身朝收银台的方向跑去。茉莉注视着她的背影，回想起两人相遇的时候。

沙苗长相可爱，但因为是个动漫宅，班上的女生都对她敬而远之，而她却是第一个跟转学后孤零零的茉莉进行正经交谈的人。其间虽然也有同学跟茉莉搭话，但大家都只顾询问茉莉的情况，压根没几个人愿意向茉莉说自己的事情。当自我介绍全都做了个遍，围绕在茉莉身边的人群也就逐渐散去。正当茉莉在为“必须做点什么好融入集体”而焦灼时，无意中瞄到茉莉在笔记本上涂鸦的沙苗用明朗的声音说道：“高林同学画得好棒！你喜欢画画？我叫藤崎沙苗，请多指教！”

从那时起，她就没有变过。看似不在意，实际上一直在默默关注——沙苗就是这样一个人。

对动漫投注的过多的热情，使得沙苗很容易被他人看错；但对于有困难的人，她绝对做不到置之不理，对周围的人，她始终在默默关注。

茉莉略微吃了几口沙苗买来的沙拉，随即拿出药盒。红、白、黄三色的药丸一粒接一粒地放在掌心上，数量差不多有 10 粒。一开始服用的仅是扩张肺部血管的药，但这种药会让胃部很难受，因而又开了胃药；服药期间茉莉变得很容易贫血，所以又添加了补充铁元素和维生素的药；但这又增加了她的心脏负担，随即又加入了缓和心脏症状的药。她的身体如同一副逐步倾倒的多米诺骨牌，各个部位都在逐渐恶化。

“药……又变多了呢。”

听到沙苗嘟囔着说出意料之外的话，茉莉惊讶地盯着她。

沙苗正目不转睛地盯着茉莉的手掌，她猛地回过神来，举起叉子扎向茉莉吃剩的沙拉。

“要是累了就得说啊。万一情况恶化了不就本末倒置了？我啊，一旦入迷就会拉着茉莉东跑西跑，还希望茉莉能提醒我。茉莉都不怎么说自己的情况，你的个性就是这样，在气氛热烈的时候不愿打扰到别人，但跟我说没关系的。虽然这样可能有点强人所难……”

沙苗分明没做错任何事，却带着挨训的小孩子似的表情，吃着沙拉。

一种温暖的温柔情绪缓缓地渗入茉莉的心中。那个笑着说道“我叫藤崎沙苗，请多指教”的沙苗……茉莉再度回想起初中时仰望沙苗的笑脸时所带来的安心感。

当时因为跟不上沙苗对动漫所倾注的热情而疏远了她，但从根本上来说，茉莉一直都非常喜欢沙苗。

因为不愿让沙苗担心，不愿让她卷入不知道也无所谓的事情之中，所以茉莉从不对她谈及自己的病情。但是，信赖沙苗吧，不要畏惧，向她敞开心扉吧！这样的话，她们肯定会比初中时更亲近。

茉莉坦率地接受了沙苗的那番话。对此，沙苗报以腼腆的笑意。

“啊……Cosplay 实在太棒了。我太吃惊了，怎么会这么厉害！高中家政课的课题不是有制作连衣裙吗？想起那个时候真的很开心啊！”

“是啊，茉莉的手很巧。我看到在走廊里展出的成品了，裙子上系着可爱的蝴蝶结呢！”

“嗯，沙苗做的裙子上全是荷叶边和刺绣，真的很厉害。虽然大家嘴里说着‘根本就是洛丽塔风’，但女生们的脸上全都写着‘好想穿穿看’。”

回忆起往事，茉莉不禁笑了。

“茉莉也想过要穿吗？”

“欸？确实想过要穿粉红色的蓬蓬裙。因为是你做的嘛，沙苗的手也很巧。”

“就是因为做了那条裙子，我才在 Cosplay 方面开了窍。”

“嗯，正好，感觉很开心！还能交到好多朋友，真好，看起来好开心的样子！”

茉莉边托腮边喝着乌龙茶，仿佛回想起先前所见的光景一般，露出了微笑。沙苗已经很久没看到她的笑容了，因而不假思索地探出了身子。

“茉莉也来玩吧！”

“欸？”

“茉莉也可以的，这是谁都能做得到的事！只要喜欢《Crobo》就能做到，觉得利利亚很帅的话也能做到，很好玩的！”

沙苗连珠炮似的说个不停，两人短暂地交换了一下视线。

片刻过后，茉莉扑哧一下笑了出来。

“御宅族之道正等着我，对吧？”

沙苗兴奋地撞翻了纸杯，茉莉难得地大声笑了起来。

以“御宅族之道正等着我”为起点，茉莉开始在网站上浏览喜爱的东西，购买 DVD 录影机，准备新的缝纫机。让这些事充满自己的生活，令她十分愉快。比起毫无目的地买新衣和硬着头皮买流行杂志，这些事更能让她感觉到快乐。为爱好而花钱，给她带来一种爽快的愉悦感。

8 月 1 日，茉莉迎来了 23 岁生日。如同在医院度过的充满绝望的两年那般，茉莉似乎活得十分急切，日复一日地沉浸在那个能够让她寻找到“闪闪发光”的世界之中。

沙苗先前提到的那场活动，在一个宛如巨大的娱乐设施的会场中举行，从规模来说，先前两人所去的那场完全无法与之相提并论。沙苗会在那里 Cosplay，同时出售自己所创作的同人志。从踏入会场的那一刻起，茉莉就张大了嘴巴，眼睛滴溜溜地四下观望，一副瞠目结舌的样子。

“我第一次来这种场合的时候，也跟现在的茉莉一样。”

“沙苗第一次参加这种活动是什么时候？”

“应该是初三吧。开始出同人志是升上高中之后。”

“好厉害……”

“请称呼我为‘老师’。”

“好的，老师！”

就在茉莉佩服不已的当口，有人喊住了沙苗。

“姬华！”

“啊，让你久等了！”

“早上好！快看快看，这是昨天才做好的！”

茉莉环视着聚集在沙苗身边那群扮成动漫角色的Cosplayer，她一边畏缩着，一边心神不安地移动着视线，紧张得心跳不已，脉搏加速。

“姬华，早上好！”

边喊边跑过来的蓝发小姐姐，扮演的正是自己最爱的角色利利亚，她的周围还围着扮成战舰的舰长和女主角等角色的Cosplayer。茉莉不禁双目放光。

“姬华，这是你朋友？”

“啊，嗯，她叫茉莉，最喜欢的角色就是利利亚。”

“啊……对。”

茉莉微微点头。

“利利亚的粉丝？哇，好开心，我也是！”

“利利亚很帅气的。”

“上周的那集简直太赞了！”

“对！太帅了！”

就在用气势上不输给小姐姐们的声音说话的瞬间，茉莉真切地有了“被接受了”的感觉。

“姬华，去更衣室吧？茉莉也一起去吧。”

“啊，好的。”

“不必那么紧张啦！你是姬华的同学吧？我们两个很像的，都是热爱利利亚的同好，做好朋友吧！”

蓝发小姐姐莞尔一笑，宛如电视画面另一侧的利利亚直接冲茉莉微笑一般，茉莉简直幸福得快要晕倒了。

“各位，茉莉就拜托大家好好照顾了！”

“遵命！别那么拘束啊，茉莉，坐啊。”

“谢谢……”

宽敞通风的会场被并排摆放的桌子塞得满满当当，到处都是忙着跑来跑去的人。

“茉莉是第一次参加这种活动吗？”

“嗯，所以完全没概念……”

“我是跟姬华一起出同人志的哦。”

“沙苗……姬华她，很厉害吗？”

茉莉如同完全迷失在花田中似的跟在欢腾的女主角和舰长身后走着，向扮演利利亚的小姐姐提问。

“你亲眼看看就知道了。姬华的同人经历很丰富，也真的很擅长画画。”

“月野明明也很厉害。”

女主角翻弄着自己身上轻飘飘的裙子，笑着说道。茉莉呆呆地看着她的一举一动。在扮演利利亚的小姐姐的劝说下，茉莉在一张折叠椅上坐了下来。

“总之，活动的要义就是‘乐在其中之人获胜’吧？玩玩 Cosplay 啦，卖卖同人志啦，做自己喜欢的事就好。”

“这点我懂，这很重要！”

“嗯，很重要！对了，茉莉不是也很会画画吗？姬华这样说过。现在不画了？”

“没……没这回事！我都好多年不画了！”

“这样啊。不过我也差不多。在遇到《Crobo》之前基本就是一张白纸，但兴趣就是最好的老师。画同人果然很开心啊，Cosplay 我也决不会放弃！”

“你真厉害，完全还原了利利亚的军装。”

“谢谢，茉莉可真是个好孩子。”

说着，月野忽然一把抱住茉莉，不停地抚摸她的头。虽说看上去是利利亚的模样，但脱下 Cos 用的军装的话，应该是一位身材丰满、很会照顾人的在某处工作的 OL[1] 吧。OL 和剩余 10 年生命的女生转眼之间便成了好朋友，这大概就是所谓的“御宅之魂”吧——茉莉不禁如此暗忖。

“好，下次茉莉也来 Cos 吧，我给你做 Cos 服！”

“咦，真的？”

“包在我身上！我是会说谎的人吗？”

月野一边说出动漫主角的经典台词，一边又抱了抱幸福得快晕倒的茉莉，愉快地笑了起来。

活动刚开始，她们的面前便排起了长队，同人志以飞快的速度被卖出。身穿女主角服装的沙苗带着爽朗的笑容面对众人，茉莉则在一旁注视着她。

我一直都在这样的位置上呢——茉莉忽然想到。初中时期，她也曾站在面带爽朗笑意的沙苗的身旁注视着她。无论是画图，

1 OL：Office Lady 的简称，即职业女性、白领丽人。

还是看漫画，身旁的沙苗看上去始终都是一副乐在其中的模样。茉莉在和沙苗分开后所交的那群朋友，全都沉迷于追逐偶像或体育明星。每个人都有自己所沉迷的事物，有自己的目的，有自己在做的事情和让自己开心的事物。而在茉莉的人生中，能够改变自我、让世界变得炫目的东西，究竟是什么呢？

茉莉自幼喜欢绘画，并且称得上擅长。然而在加入美术部之后，顾问不曾给茉莉写升入美大的推荐信，也不曾对她说“希望能由你来做部长”这句话。

脑海里突然浮现出之前被告知“余下的生命只有 10 年”时的声音。

若继续保持从前的模样，那么她的人生恐怕会无聊地结束吧。以类似于坐在卡拉 OK 包房的沙发上说着“有没有什么好玩的？”的状态结束人生——茉莉在脑海中描绘了一下这样的画面，不禁蹙眉摇头。这比躺在被惨白的墙壁包围着的床上过完余生更让她觉得不能接受。

“走吧，茉莉。”

“欸，去哪儿？”

“楼顶上有 Coser 们集中的专属空间！”

“茉莉，走吧！”

不知不觉间，长蛇一般的队列和堆积如山的同人本[1]全都消失不见了。茉莉仿佛再次见证了沙苗目不斜视地奔驰在“御宅之道”上的潜力。她绝对不曾有过叼着吸管嘟囔“有没有什么好玩的？”的时刻。

在沙苗的牵引之下，茉莉的身体开始变得轻飘飘的。折叠椅咔嚓摇摆了一下。

“茉莉，又要让你吃惊到心跳加速了哟。”

沙苗转头笑着说道。就在茉莉笨拙地答复着些什么的当口，她的心跳已经开始加速。她试着去握沙苗的手，沙苗再度转头，冲茉莉微微一笑，回握住她的手。

想到要追上向着阳光奔跑的她们，茉莉的心就狂跳不止。如同初次喜欢上某个人的瞬间那般，身体被静静涌起的兴奋所吞噬。

“有没有什么好玩的？”

当穿越到光所在位置的另一侧时，茉莉切身感受到了一股第一次呼吸一般的畅快。

终于找到只属于自己的解放区间了——她这样想。

---

1 同人本：指根据文学、影视、动漫等作品中的人物进行再创作所集成的册子。再创作的形式可以是小说，也可以是绘画。

原来“开心”就是这么回事。它是一种跃跃欲试的感觉，是不随波逐流。

单纯地欢笑吧。欢笑很重要。欢笑是必须的。欢乐正是人生的基础。

享受人生者才是赢家！

四

自那次冲击性的活动之后，又过去了三个月。

这三个月对茉莉而言，可谓一场重大的自我转变。跳过整个过程，直接以结果而论，就是茉莉重新拿起了画笔。这不仅是因为茉莉被 Cosplay 撩动了心弦，也是因为沙苗一直无法忘掉茉莉的绘画。她给茉莉带来了画笔。

“我并不是真的很想画画……”

“没关系，就试着画一张嘛。只要合格了，就让你来做我的助手。只要时常身处修罗场[1]，你就不会闲到犯迷糊了。”

1 修罗场：通常指印度神话中阿修罗和帝释天展开大战的地方。日语中有“漫画家交稿前手忙脚乱的状态”的引申意义。此处的意思为后者。

光打电话还不够，沙苗直接上门，给茉莉的房间里添了画草稿用的纸。

“我也会画的。”

“沙苗成漫画家了？梦想实现了？”

“啊？不算漫画家啦，我只是个微不足道的同人画手。虽然如此，生活还算过得去，所以没有出去工作。”

“阿姨不会骂你吗？算是承认御宅族了？”

“嗯……妈妈一般不说什么。说是承认，更像是放任？总之，妈妈只要沉浸在自己的兴趣之中，无论我怎样她都无所谓了。”

“兴趣？文化培训班之类的？”

“对，像是跳草裙舞、做和果子什么的，还有游泳和骑马，好像偶尔还打打壁球。”

“哇，太厉害了！”

沙苗有点厌烦地面露苦笑。

“但爸爸就很可怜，总是被丢在一边。茉莉的爸爸妈妈好像会一起去登山吧？记得初中时听你说过，现在还去吗？该怎么说呢？你姐姐叫桔梗，你是茉莉花的茉莉，感觉都好浪漫啊！”

“最近他们不太去了……因为我去不了。”

“啊……这样……”

“我们也征询过医生的意见。登山就像是我们的家族活动，但我还是不能做剧烈运动。”

这次轮到茉莉苦笑了。这种话题也只能边笑边聊。

“这样啊。那么茉莉参加动漫活动什么的没问题吗？前几天我还拉着你东跑西跑，你会不会很难受？”

“那种程度的活动没问题的。但像收拾同人本、搬行李这种事就一点都做不了，真不好意思。从头到尾都没能帮上忙。”

“才没这回事呢，只要茉莉能在现场，我就很开心了！没问题，我可是超级有力气的！”

“就凭你这小身板？”

“别看我整天宅在室内，腕力、握力和肺活量可是班里数一数二的。”

沙苗哈哈大笑，茉莉也笑了出来。

就这样，画笔缓缓地动了起来。想到自己从初中之后就没再画过漫画，于是茉莉首先尝试着临摹了身边堆着的 DVD 的封面。这幅画引得沙苗欢呼不已，她还在翌日发邮件告知茉莉，自己用电脑给图画上色后，把它放到了个人主页上。

“沙苗居然这么强硬……比起强硬，应该说是我行我素了吧。”

茉莉一边读着充斥着心形符号的邮件，一边打开网页。她先是冲着电脑桌面上那个蓝发少年的壁纸苦笑了一番，随即打开沙苗的主页，就看见自己的作品已在沙苗充满透明感的填色下变成了另一副样子。

这让茉莉的心狂跳不已。而另一件让她心跳加速的事，则是网站留言板中的那些留言。尽管都是些单纯的赞美之词，但来自陌生人的话语却格外有分量。

虽说网络只能用“看”的，但在此瞬间，茉莉分明感受到了手腕被人牵起的感触。这又是一份“被接受了”的感觉。

就这样，茉莉仿佛被周围人高高抬起一般，重新拿起了画笔。

出院以来一直没有前进方向的茉莉，终于寻获了自己的容身之所。

茉莉沉浸在那种让她回想起“被接受了”的感触之中，没过多久，在沙苗的同人志上以特邀嘉宾的身份连载数页漫画的形式就成了常态，转眼之间便跨过了年关。

茉莉也差不多该试着独立画一本了——在沙苗和月野的提议下，茉莉在那一年的春天，第一次独立创作了一本同人志。

执起久违的画笔时，一种不可思议的感觉袭来。自从开始画画，茉莉就变得充满活力，头脑清晰，吃东西时也能够感受到美味。发病以来，她总觉得身体的某处有些不适，思考时总会被一股消极的迷雾萦绕，还要严格控制水分和盐分的摄入，吃什么都食不知味。

然而，一旦茉莉开始画画，这些负面情绪就会一扫而空，甚至让她有种自己回到了发病以前的感觉。正因如此，她才会沉醉于其中，不可自拔。素材无穷无尽，时间也多到不行。

画笔游走于纸间时所感受到的兴奋化作对自己的期待。在看到原稿完成时，茉莉总会被一股无与伦比的陶醉感包围。她废寝忘食地作画，直至画不动了、蓦然回神时，所感受到的那股健康的饥饿，又让身体记起想要将美食送入口中的快感。唯有在作画的时候，她的身心才会忘却自己的病情。

当画好的漫画开始印刷时，早已迫不及待想看她的同人志的沙苗和月野同时发出了欢呼。

“茉莉，你的漫画绝对会大卖！”

“真的？”

“嗯，完全看不出是第一次画！不光画得好，就连分镜都做得很棒！”

“分镜是姬华教我的……还参考过月野的同人志。”

“哎呀，但真的很厉害！不愧是姬华想要做搭档的人！”

正如兴奋不已的月野所言，茉莉的同人志虽然在首次参展的活动上销量平淡，但却在众人手中相继传阅。到第三回参加活动时，不知不觉间就销售一空了。

如此一来，茉莉便成了活动的常客，还开设了插画网站。茉莉收获了容身之处，在这里，她毫无疑问地和世界有着紧密的联系。

茉莉的每一天，都以清晨查看邮件拉开序幕。她先是阅读大家对网页上登载的插画和 Cosplay 照片表示支持并写下感想的邮件，并给他们回信。然后画一些登载的新插画草图或是上色。即便只坐在电脑前，用脑工作也会让肚子饿到咕咕叫，因而午饭就能大吃一顿。每天做饭实在很麻烦，桔梗就在给自己和父亲准备便当的同时也准备了茉莉的那份。每天中午，茉莉都会把桔梗精心准备的、营养均衡的便当吃得一干二净。只要肚子空空如也，吃什么都会觉得好吃——近来，茉莉再次充分感受到了这点。住院的那段日子，永远都是掐着点准时送来餐食，完全不管病人肚子饿不饿。对于医院那种寡淡无味、和美味毫不沾边的食物，茉莉从来都吃不惯。

午后要制作下一次活动的服装。当母亲得知茉莉经常使用缝纫机时，便拜托她将裙子的下摆和不穿的衬衫重新改做。配合母亲的喜好制作衣物，也让茉莉喜出望外。说“谢谢”本该是茉莉的专利，此刻她却成了被感谢的那一方。“谢谢茉莉，下次我会穿上去参加同学会。”母亲露出开心的笑容，让茉莉十分欢喜。

傍晚时分，茉莉则要开始准备家人的晚餐，准备工作结束后就开始画漫画。虽说这些是例行公事般的日常，但每一件该做的事全都好好地完成了。每天醒来，茉莉不再去想“今天该做些什么”，曾经一片空白的日常如今变得色彩缤纷。

一年的时间过去了。

“茉莉越画越好了呢。”

“真的吗？谢谢夸奖！”

“可以的话，要不要画点原创作品？我这边的编辑看了茉莉的画，好像挺感兴趣的。”

正在创作原创漫画的月野边喝可乐边说着，坐在她面前的茉莉整个人都愣住了。同人画手之中既包括那些接近专业程度的人才，也有像月野这样能够画出原创漫画并发售单行本的专业漫画家。

“原创漫画？”

“嗯……我说小月，原创漫画会不会要求很严格？”

“拥有能够立刻出道的实力的人才不会说这种话！”

月野打断了沙苗的问话，沙苗只得叼着吸管缩了缩脖子。月野用力探出上半身，气势之猛，几乎能让面前的人透过针织衫看到她丰满的胸部。

“要不要试试看？我觉得茉莉肯定能行。”

“你是说……原创……漫画家吗？”

“对，没错。靠漫画就能养活自己了。从同人画手变成当红漫画家的大有人在，成为亿万富翁也不是梦。”

“那不就是白日梦嘛。”

沙苗大泼冷水，月野则为自己的夸夸其谈而咯咯直笑。

“啊……好的，我会考虑看看。”

“那就等分镜（漫画底稿）完成了再看，怎么样？”

“月野在画少女漫画，对吧？就画点普通高中生的恋爱故事，行吗？”

“嗯……‘普通的故事’可行不通。普通的故事根本满足不了现在的小鬼。”

“对对，我们那个时代到接吻这一步就会停下，现在可就直接上床了。”

“欸！”

“但如果能就此出道就厉害了。”

月野的话语深深地牵动了茉莉的心。

“但我觉得做职业漫画家很麻烦，还是喜欢自己想画什么就画什么。出道会把身体搞垮的。”

“还有精神。”

“沙苗做过原创漫画家吗？”

“嗯，算是吧，做过一点，自己果然还是希望能出个单行本什么的。虽然同人志大卖会让人忘乎所以，但职业漫画家的工作还是很严格，要求可是很高的哦。茉莉你就放松点，姑且去做就好。万一身体垮了，可就得不偿失了。”

“好的！”

茉莉虽然嘴上答应得好好的，却在心里贴上了一张写着大大的“出道”字样的纸。跟两人道别之后，她前往二手书店，到处搜购出色的少女漫画。为了描写，茉莉把读者对象为高中生的流行杂志，高中生作家创作的、某段时期被学生们奉为“圣经”的恋爱小说，甚至连封面上印着“成功告白的 10 项隐藏绝技”“为了成为被爱的女人所必备的 20 个条件”“受欢迎的必胜法”这类宣传文字的恋爱指导书全都买了下来。

茉莉 24 岁了。好动的女孩子整天闷在家里真的好吗？看着每天出门工作的姐姐，她不禁越发焦躁。

有人敲响了茉莉的房门。

“请进。”

“茉莉在做什么？哎呀，今天没对着电脑？”

姐姐桔梗走进房间。刚洗完澡的她素面朝天，但仍能看出是个美人。

当茉莉还是中学美术部的成员时，姐姐就已看惯了她画画时的光景；而如今的画笔变成了蘸水笔，画布则变成了漫画用的原稿画纸和电脑，这些东西对于姐姐来说还很陌生。户外派的家庭成员对于御宅族的世界都不怎么了解。

“哇，现在的漫画都好可爱！”

“看，画得很好吧？”

“茉莉还会画这些？还会用电脑上色？茉莉以前就很会画插画呢。”

“是吗？”

“你画在毕业相册的班级介绍页的画就很棒，把班主任的脸画得栩栩如生。”

“这是什么时候的事？”

“小学那会儿。”

“桔梗记得真清楚。”

茉莉看着因回忆而笑起来的桔梗，面露苦笑。

“不过茉莉能够找到热衷的事，我觉得这样很好。你还会画油画吗？静物画呢？”

“嗯……有兴致的话就会画吧。开始用电脑上色之后，都把拿画笔的感觉忘了。”

“这样啊。茉莉果然还是艺术系的，擅长缝纫，妈妈还说你的料理也做得很好。今天做的关东煮很好吃哦。”

“谢谢。有什么想吃的尽管说。”

“这个嘛……对了，最近变冷了，可别经常往超市跑。医生也说过，人多的地方对你不好，被传染感冒就糟了。”

“……超市里的人不多啊。”

茉莉嘴角上扬的同时垂下眉毛，但桔梗仍旧端着一张认真的脸，反复强调“不行”。

“浴室现在空出来了，好好泡个澡，暖和一下身体吧。”

“嗯，谢谢。”

桔梗走出房间。茉莉冲着关上的房门短暂地凝视了片刻，随即看向脚边堆积的少女漫画。若能画出原创漫画，或许自己也能赚到钱。这样一来，桔梗会开心的吧，父母应该也会夸奖自己。

茉莉端坐在桌前，仿佛被什么催促一般地动起了笔。

年关将至，茉莉在月野的带领下来到出版社。月野将自己的责任编辑介绍给了茉莉，年龄和茉莉相仿的编辑欣然收下了原稿。

或许是明白画原创漫画的辛苦，离开出版社之后，月野立刻鼓励起了茉莉。

“哎呀，辛苦了！”

“也辛苦你了。”

“不好意思啊，茉莉，说好了要帮你看分镜的，但都没什么时间，没给到你什么好的建议。”

“没关系，截稿日就够你辛苦的了。况且月野给的建议都是从专业角度出发的，很有参考价值。”

“真的？你这样说我很开心。”

进入咖啡馆，月野脱下了外套，她穿着领口大敞的开襟毛衣，露出惹眼的乳沟，笑得分外爽朗。

“但茉莉真的很努力。”

“是这样吗……”

“嗯，但你的身体没问题吗？没有强迫自己熬夜吧？”

“没事的，反正我很闲。不过昼夜颠倒倒是有的。”

“那从今天开始必须好好睡觉！否则就没办法享受下次的活动了！”

“遵命！”

茉莉已经把自己的病情告知了月野，因此月野才会格外当心，总是有意无意地提供帮助。茉莉非常喜欢月野，比起那些相处了好多年的学生时代的朋友，连本名都不知道的月野更让茉莉觉得喜欢。

思及学生时代的好友，茉莉的心头总会闪过一丝阴霾。

“茉莉，加油哦。”

温柔的朋友们对她如此说道。可这些话语怎能让茉莉打起精神呢？茉莉从她们那里收获了探病时带去的花束、蛋糕以及失败感。那种感受还会逐渐转变为无力感，最终使人陷入女性特有的嫉妒之中。

茉莉确实很喜欢那群朋友，毕竟是一起度过短大时期的同伴。

然而，只有茉莉变成了病人。

那些在病房中反复听朋友们谈到的话题——旅行、商场大甩卖、某家漂亮的咖啡馆开张、男朋友很冷淡——将茉莉的内心全部侵蚀了。嫉妒在体内如蛇一般地爬行，一点点地将她的心束缚住。那种被紧缚的窒息感，总是险些让茉莉尖叫出声。

而等到令自己窒息的嫉妒退却之后，茉莉必定又会陷入自我厌恶的情绪之中。那段时间，她频繁发病，发作的时候又会希望就此死去。当被告知病情的时候，她没想过去死，却在忍受不了被污染的自己时盼望着死亡降临。

“茉莉。”

“嗯？”

“……希望能有好的结果。”

月野一手托腮，一手拿吸管搅拌加了茶的果汁汽水，微微一笑。

她可真好——茉莉心底暗忖——温柔、温暖，又很会照顾人。从她身上，茉莉充分感受到了“友情”的存在。

新年伊始，在日常生活恢复平静的时分，编辑打电话联系了茉莉。男编辑的语气短促而轻快，使用十分正式的语言礼貌地告知茉莉，她的漫画没有市场需求。用正确的日语说出正儿八经的话，总得经过一番拐弯抹角才能抵达核心——茉莉用同样轻快的口吻回话的同时，内心这样想着。

挂断电话，茉莉领会到，自己的漫画构图毫无个性，故事太过寻常，说白了就是“无趣”。膨胀到极限的期待被瞬间击落，残酷地摔了个粉碎。

我的人生只有挫折——茉莉把身体丢进小山般的靠垫中，大颗大颗的眼泪顺势夺眶而出。被击溃的期待全都化作绝望。

她最想要的，是外人说出的“你没问题”。并非来自家人或朋友，而是和社会产生切实关联的外人。

她想要一个边说“你没问题”，边把她拉到社会里去的人。

她想要的，是一个能够令自己挺起胸膛，大声高喊“我在这里”的地方。她不愿待在路边眺望车水马龙，而是想要走到路上，哪怕只有一次，都想试着踏入道路的中央。

一旦意识到自己在画漫画的时候，总会带着一种扭曲的心情和愚蠢的虚荣，茉莉便止不住地呜咽。

我在这里啊，我明明就在这里。

再也忍受不住的茉莉将靠垫扔了出去，桌上的空塑料瓶发出空虚的声音，滚落在地。

翌日，茉莉哭着将被快递送返的漫画原稿全部撕毁。对着物品发泄也解决不了任何问题，到处散乱着垃圾的房间反而让她备感空虚。

我曾说过，讨厌和别人一模一样。但现如今，不和别人保持一致反而让我无比不安。既然与别人不同，那就要变强。我想成为堂堂正正地走上与众不同的道路的人。

想要变强。

想要变强。

铁了心般地，想要变强。

五

茉莉如同患上了“燃尽症候群”一般，突然不再画画了。

动漫仍在看，却总是心不在焉；无论吃什么，都食不知味；清晨醒来就呆呆地思考今天该做什么，如果想不出该做的事，就一直在被窝中睡懒觉。沙漏中的流沙实实在在地不停滴落，茉莉却散漫地浪费着一天又一天。

进入黄金周，短大时期的好友罕见地传来讯息，邀请茉莉参加酒会。好友中最先结婚的美弥夫妻俩开了一家居酒屋，把大家聚到了一起。

“茉莉！你好吗？！”

踏入统一装修成美式复古风格的居酒屋，聚在一角的那群面熟的女孩们一齐用力挥舞着高举的双臂，迎接茉莉。方格花纹的地板、紫色的壁纸、白色的桌子配上花里胡哨的亚克力座椅，整个室内装修使人联想到不知何时看过的美国猎奇电影中的世界。即便食欲在消退，茉莉还是把桔梗让她带上的高级巧克力，递给了朋友那个又瘦又高、没什么肉的丈夫，并参与到众人的话题中。在美弥的婚礼上，正是这群人一边抓着她的丈夫，评头论足“嗯……现在流行这种‘恶心萌[1]系’？”，一边发出了爆笑。

“茉莉，好久不见！”

“好久不见，好想见你！”

“我也是！”

“对不起啊，都没什么时间陪你玩。工作结束后再喊人出来玩的话就太晚了，你爸爸会担心的吧？”

“才没那回事，家里对我很放任的。”

谁说过想要别人陪着玩了？我又不是小鬼。茉莉在心里谩骂。

“茉莉，想喝什么？啊，你不能喝酒。”

“哎呀，总之茉莉恢复精神了就好。”

---

1 恶心萌：读音为“きもかわいい”或“きもかわ”，是把“恶心”和“可爱（萌）”结合起来的日本流行语，意为“看上去很恶心，但又莫名觉得很萌”。

“茉莉，多吃点！吃了亮君做的饭就有精神了！”

“谢谢。”

暂且撇开这些不论，这家店的室内装潢可真让人扫兴。壁纸用标准的那种不就好了——茉莉多管闲事地内心暗忖。

“美弥，亮，恭喜你们开业！”

圆形的桌子上摆着鸡尾酒和乌龙茶，水蓝色、红色、金色和茶色的玻璃杯堆叠在一起。华丽的色彩和奢华的玻璃质感，与人们身上的服饰风格一致。最近完全不看时装杂志的茉莉，穿着就像是土气的茶色圆筒玻璃杯，一点女人味都没有。

干杯之后，开始上菜，然后就是众人报告近况的环节。话题以至今还成天黏在一起的奈绪和纱织为中心展开。公司、男友、工作、美食、男友、鸡尾酒、“亮君，这个好好吃”……类似的车轱辘话绕来绕去，逐渐煳成一摊黄油状。茉莉的脑子中仿佛也填满了黄油，煳成一团，而且开始烧焦。那股勾起食欲的香味早已散去，变成了扑鼻而来的某种难闻的焦黑气味。

不论是公司还是男友的话题，茉莉全都搭不上话。为了掩饰自己的无所事事，她只好从一边帮忙端菜，但这些菜全都油腻腻的，对身体有害。为了控制盐分的摄入量，也绝对不能多吃。第三杯乌龙茶只会让被冷气吹过头的身体更冷，但茉莉还是杯不离手。

她和“社会”之间的位置关系，在此得到了真实的刻画。一旁的草坪分外茂盛，几乎可以视作黄金草原。

“茉莉每天都做些什么？”

酒过三巡，奈绪这样问道。在众人的注目下，茉莉不禁吓了一跳。

“还去医院吗？”

“嗯，两个月去一次。”

“你的情况看上去不错，真是太好了。”

“嗯，现在身体状况很稳定。”

“那真的太好了。茉莉的精神全都恢复了。”

这群女孩都知道茉莉身体最差时的情况。这还是我第一次来重症监护室呢——茉莉回想起美弥之前说过的话。

“真是太好了。总之，能够像现在这样自由外出就很让人开心了。”

“同意！反正我不想看到茉莉没精打采的模样。”

“茉莉不是很会炒热气氛吗？开学典礼后的那次联欢会我印象很深呢。”

“对，对！大家都扭扭捏捏的，只有茉莉咣当当地拿起食物，从人群的一头开始打招呼。”

“是这样吗？”

“是啊，最夸张的是，还会大喊‘我要唱卡拉 OK 了’，然后突然在舞台上大唱 KinKi Kids[1] 的歌。”

“而且还有模有样的。”

“这样说起来，奈绪和纱织不也大唱滨崎步[2] 的歌来着？”

“那时真年轻啊。”

“很年轻，那时大家都很年轻。”

众人一齐笑了起来。端来菜品的美弥继续说道：

“在那次迎新会上，我就决定一定要跟茉莉做朋友，跟她在一起肯定会很开心的。”

“啊，我也这么想！所以立刻邀请大家一起去唱卡拉 OK 了。”

“对啊，然后我们就去唱卡拉 OK 了，搞得跟 24 小时持久战一样。好多人都去了，那次真的好开心。”

“对啊，茉莉真的完全不会让人厌烦。”

“所以说，不能和茉莉一起毕业真的让我很难过。但茉莉能恢复精神就好，真的太好了。”

对纱织的一番话，众人感慨地点了点头，各自回想起了当时

---

1 KinKi Kids：日本杰尼斯事务所旗下的双人组合，1997 年 7 月出道，成员为堂本光一和堂本刚。

2 滨崎步：日本女歌手。原文中为“Ayu”，是其固定昵称。

的情景。

回想起体内插满管子、靠着机械勉强活下去的那段时光，能在此刻身处此地，或许就是件幸福的事。即便朋友们过着光彩照人的生活，自己又能提出什么样的异议呢？

可是自己为什么只有羡慕的份儿呢——茉莉陷入自我厌恶的情绪中，将乌龙茶一口喝干。湿冷的感觉缓缓渗入体内。

“谢谢大家。”

茉莉竭尽全力地笑着。在充满温情的氛围中，她意识到了自己的肮脏。

曾经那个跟谁都能够毫无顾忌地搭话的自己已不复存在，率先炒热气氛的胆量和情绪也消失殆尽。心里仿佛又出现了一团乌黑且巨大的污浊。

“对了，说到卡拉 OK，之前我被上司拖去唱了，太糟糕了。那种算是二重唱吗？这种情况能告他性骚扰吧？”

“啊，有的，有的！那种硬要跟女生‘相互了解’的死老头，简直烦死人！”

“这种时候就把对方带来这里喝酒！我们会备好烈酒。记得把男朋友也带上。”

“嗯，一定来！他绝对会开心的。我们会常来的！”

“我会带公司的前辈过来的，我可是盯上他了！拜托给我们多做点好吃的哦，美弥。”

“了解！”

在这场完全插不上嘴的对话中，茉莉只得将放在膝盖上那双闲得发慌的手攥紧。

今晚多谢款待，很开心哦——在茉莉发送了纯文字的讯息给美弥之后，她又打来电话。美弥将“料理好吃吗”“身体情况还好吗”这类告别时问过的话又问了一遍，茉莉也用分别时说过的话再次做了答复。

“我说，我跟亮君谈过了，改天我们三个人再喝上一回？”

“欸？嗯，没问题……”

“亮君一定要介绍一个人给茉莉认识，所以想让我跟你说说。”

有那么一瞬，体内被某种期待感所包围，莫非这就是茉莉仍是个女孩子的证明？然而同时，她的脑海中又浮现出礼子的丈夫在病房哭泣的模样。

“还是……算了。”

“不行啦，茉莉！不会让你们强行见面的，总之先喝一回！”

“喝吧、喝吧，一起出来吧，小茉莉！”

电话那头传来亮的声音，茉莉只得无可奈何地应承下来。

住院的那段时间，茉莉觉得自己再也不会喜欢上什么人了。谁会爱上十年后就要死去的女人？哪怕真的存在那种知道真相还会义无反顾地爱上自己的人，自己却要丢下对方独自上路，这种事光是想想就让茉莉感到不寒而栗。换言之，还是因为她恐惧死亡。

挂断电话，茉莉的内心开始在未知的恋情和冰冷的现实之间来回摇摆。自己明明还没谈过恋爱，这样未免太蠢了——想归想，心思仍然在“不能恋爱”和“好想恋爱”之间摇摆。

现在，茉莉不再惧怕死亡。

虽然有值得开心的事，但内心的满足感时常不安定，她只会一味地假装看不到，从内心深处逃离开。如果需要以死亡来摆脱这种状况，那死亡也很好——她简单地如此想着。当然，她的死会令家人伤心，这点着实让她很难受，无法用言语来形容的罪恶感让她备受折磨。即便如此，和已然脱节的社会之间的关系还是让她感到非常不舒服。

我决不会恋爱。若渴望幸福，岂不是在说现在的自己很不幸？

话虽如此，她内心的钟摆仍在摇摆不止。在充斥着不和谐之音的耳畔，“恋爱”的声音听上去尤为澄澈。

患病之前的自己，看上去如此耀眼。回忆中的我，看上去像是个能达成任何心愿的孩子。

而事实上，我明明只是个胆小鬼。因为害怕跟桔梗比较，我开始选择扮演与她截然不同的滑稽搞笑的角色，所以才会变成“很会搞气氛”的人，变成了与端庄优雅的桔梗对立的吵吵闹闹的形象。悲哀时在笑，懊悔时还是在笑。余下的10年，就这么笑着过去吧。

不能反抗神明，这我很清楚。

羡慕什么的，简直愚蠢。

说到底，除了笑，我什么也做不了。

六

在夏季的活动结束之时，美弥再次联系了茉莉。

在夏季活动上出售的同人志好歹画了出来，Cosplay 也玩得很开心。然而，美弥的那番话却总是如鲠在喉，如同映入眼帘的东西一般令人在意。

茉莉 25 岁了。自从 20 岁发病以来,余下的生命还剩 5 年——茉莉想起自己生命的期限。

还有 5 年——想要开始什么，显得太短促；想要结束什么的话，又显得十分漫长。

在美弥夫妇的居酒屋休息的某个夜晚，茉莉来到亮推荐的酒吧。

“不好意思啊，茉莉，刚开张没多久，还没习惯过来的事太多了，忙得要命。”

“我随便什么时候都可以的。”

“就是因为你这么说，才让人一直都很在意。亮君和我一直都记挂在心上，因为茉莉在等我们，所以必须快点。”

这是一家没完没了地播放黑人说唱的照明昏暗的酒吧。尽管立刻听到了令人不快的发言，茉莉还是假装什么都没听到，端起桌上的饮料干杯。

为了在有了丈夫的美弥面前显得不卑不亢，茉莉特意买了新衣服——今年夏季流行的蕾丝吊带背心，搭配细跟凉鞋，还仔细地涂了指甲油。不但卷了一个精致的发型，连化妆都选用了非常具有夏日感的珠光眼影。

出门的时候确实非常完美，然而经过搭乘电车、徒步走过街道后，在和美弥碰面的瞬间，一切都变得黯然失色。

关于居酒屋和夫妻两人如何开始熟悉的话题持续了很久。就在茉莉对美弥的长篇大论感到厌烦时，店员过来撤下了吃完的空盘子和杯子，于是她又下单追加了饮料。在对话中断时，美弥才如梦初醒地将话题转到茉莉身上。

“我说啊，想要介绍一个人给你认识。茉莉现在单身，对吧？”

“嗯，是啊……”

“茉莉跟上一任男友分手多久了？”

这句话背后的意思是在问我最后一次搞 H 是多久之前吧——茉莉不禁在心底咒骂。自己难道挂着一张欲求不满的脸不成？好想偷看一下镜子。

“嗯，应该是 20 岁的春天吧。夏天我就住院了……”

“啊，对，对！春天去赏花的时候还有男友的！亮君，你还记得吗？”

“……好像是，感觉两个人好像不太合得来……”

“对、对，回家路上亮君还说过，两个人的音乐品位很不一样。”

“想起来了！就是那个完全聊不来的家伙！那有……5 年左右了吧？”

亮毫无顾忌地掰着手指数道，同情似的皱了皱眉头。这让茉莉更加不爽。

“您好，我要一杯乌龙茶。”

茉莉抓住店员点单。硬是喝了那么多不能多喝的碳酸饮料，自己简直就是个傻瓜。那些饮料看起来颜色非常漂亮，不是很像“莫斯科之骡”[1]之类的鸡尾酒吗？茉莉不禁为虚荣的自己感到

1 莫斯科之骡（Moscow Mule）：以伏特加为基酒，配姜汁啤酒、青柠檬汁、冰块所调制的鸡尾酒。

悲哀。

“想要给茉莉介绍的，是我大学的后辈，给我们的居酒屋设计室内装潢的那家伙。”

“还记得上短大时茉莉去过的那家俱乐部的风格吗？当时我就决定如果自己开店，就要搞成那种风格。”

“这样啊。”

美弥算是梦想成真了。即使那个空间的装潢完全不适合做餐厅，对她来说也算是实现了当时的梦想。茉莉在明白了这一点后，突然感到空虚。说唱的重低音从脚底传来，茉莉拿起桌上的乌龙茶啜了一口，尝到了失败的滋味。

“那人叫作安藤，比亮君小两岁，今年 29 岁。他在设计事务所工作，跟他聊一下就会知道，他是个开朗的好人。就连我任性说出的话他都能全部听进去。大家一起去喝一回吧，或者在我的店里碰面？”

“这个……”

话题一旦具体化，回答便突然卡壳了。

从前令人感到软绵绵的“恋爱”，现在仅仅指尖触碰就会感觉又冷又硬。被这种感触弹回的指尖只得又缩了回去。那个尚未谋面的、只是在美弥口中编织成形的“安藤”，已将茉莉的心束缚了起来。她的思绪一下子飞到了 5 年之后，届时会是何等寂寞的画面啊——她的脑海中开始掠过这样的想象。

茉莉将在桌子下跷起来的双腿放平，含了一口乌龙茶。

“这人真的非常不错，就是心脏有点问题。”

“嗯？心脏有问题？”

茉莉不假思索地反问了一句，滑过喉咙的乌龙茶在舌尖留下苦涩。亮用筷子夹了一个春卷，美弥咕咚咕咚地把亮喝了一半的啤酒喝了下去。伴随着悦耳的声响，亮继续说道：

“好像从小心脏……就有问题，没办法做运动。不过茉莉的身体也不好嘛，所以我才想，你们应该合得来。换成普通的女孩子，大概会有顾虑，请你不要误会，但他真是个很不错的后辈。工作认真，虽然身体不好，性格却不卑不亢。不过这样的辛酸，我们这种人不太会明白的吧？茉莉跟他在一起的话，两人应该可以在这种脆弱的方面相互鼓励。我觉得你们一定可以的。”

亮配合着店内播放的音乐节拍说着话，每当扬起尾音时都微皱眉头，咔嚓咔嚓地咀嚼春卷。

丈夫当着自己的面这样说自己的朋友，美弥在意的却是亮面前空了的酒杯，居然还抬手招呼店员“再来一杯啤酒”。

就在此刻，茉莉的怒火开始熊熊燃烧。店内的冷气开得太足，赤脚穿着凉鞋的她本该感到脚部冷透了才对，可体内的血液却仿佛瞬间沸腾，令她脚尖发热。

“茉莉，这不是很棒吗？我是说安藤。”

为了抑制住将喝了一半的乌龙茶吐回杯子中的冲动，茉莉再度跷起了腿。尽管如此，为了抑制内心的狂怒，她还抱起了双臂。

把桌子掀翻，再把啤酒杯踹飞，该有多爽——茉莉在头脑中模拟了一番。不过这样一来，她跟美弥恐怕就再也不会见面了，她会永远失去这个能够一起谈论短大时期愉快回忆的朋友，或许还会失去以身体尽情讴歌自由的那段时光的回忆。

曾经真实拥有过的那段人生中的耀眼时光已无从挽回……这让人难受得喘不过气来。

“听上去不错，但我现在不想考虑这些。”

“你这么畏首畏尾，是找不到男朋友的。”

“这我明白。”

茉莉耸了耸肩膀，笑着说道，美弥则噘了下嘴。坐在美弥旁边的亮喝了口冰凉的啤酒，用询问明天的天气一般的表情问道：

“难道因为生病就没有勇气了？”

“欸？真是这样吗，茉莉？”

“才不是这样，只是现在没有这种心情。”

病魔的锁链越勒越紧，全身都被紧紧勒住，力道之强，仿佛要嵌入皮肤，将茉莉扯碎。分明痛苦到面部都快扭曲了，可茉莉却爽朗地笑了。

“……抱歉啦，但多谢你们。如果我有这种想法了，会主动来拜托你们的。啊，美弥，杯子空了呢，再点些什么吧？吃的东西也来一点？”

美弥不禁绷紧了脸。茉莉起身去了洗手间，回首看到亮正在安慰气得跺脚的美弥。“没办法，茉莉是病人嘛。”茉莉背过身，不去看说出这句话的亮的口型，冲进无人的单间，用力咬紧自己的嘴唇。

夺眶而出的泪水伴着深呼吸一齐吞下，铅块般的压力咚地坠入腹部的位置。

连怒吼的勇气都没有的胆小鬼。从孩童时期开始，无论面对怎样的场面，最终都是笑着咽下了怒火跟泪水。跟无须做任何事就能自然而然地被人所喜爱的姐姐不一样，所以茉莉选择无论何时都微笑着。为了不让人讨厌而时刻小心翼翼，除了采取保守的行动外什么也做不了。

走出单间，茉莉在洗手台的镜子上照了照自己，涂上鲜艳的口红，再度调整了一下呼吸。

三人继续围绕居酒屋和近况等话题又聊了一阵，随后便离开了酒吧。走在依旧炎热的街头，三人一边说着诸如“明天会不会还很热”之类的话题，一边走着，最后在电车的站台处分别。

茉莉始终在笑。笑容是她最好的防御——为了不被他人讨厌，也为了不让他人知晓真实的自己。

在家附近的站点下了车，茉莉并没有直接踏上回家的路。她必须把逐渐涌上来的怒火先消化掉才行——在不冲着别人乱撒气的前提下。

走进站台前商业街街角的居酒屋，茉莉毫不犹豫地点了杯啤酒。许久未喝过的啤酒进入口中，虽有讨厌的苦味，但爽冽的感觉更胜一筹，将她干渴的喉咙滋润得十分舒适。

在这里，无论别人怎样看待自己都无所谓，在这个时间段中，所有的席位上都是醉汉，谁都不会注意到茉莉。

为了不给承受最多肺部负担的心脏增加更多的负担，她的饮食一直受到严格限制。无论在家还是外出吃饭，茉莉表面上显得若无其事，实则一直在严格自律。然而今天，她毫不顾忌地将喜欢的食物点了一通，每种都吃了个遍。好久都没吃得这么尽兴了。"喜欢吃什么就尽情吃"，茉莉一边自嘲着只能想起这一种解压方式，一边用满桌的菜将自己的面颊塞得鼓鼓的。

将炸豆腐送入口中的瞬间，又苦又酸的东西争先恐后地从喉咙深处涌了上来。

茉莉穿过一张张嘈杂的桌子，一冲进洗手间，就把胃里的东西吐了个干净。心脏撕裂般地疯狂跳动，茉莉陷入不省人事的状态。一切都糟透了，泪水、鼻涕和污物一齐流出来，茉莉呜咽着抱紧了马桶。

该吐的全都吐尽了，茉莉还是没办法立刻站起来，只能保持着抱马桶的姿态，瘫软地垂着头。才买的新裙子碰到了厕所的地面，一只凉鞋脱离了脚尖，惨兮兮地躺在地上。

抬头看去，卫生间的灯光朦朦胧胧的。豆大的热泪啪嗒啪嗒地从脸上滚落。好不容易找到一个可以哭泣的场所，竟然是居酒屋的卫生间，简直太悲惨了。

茉莉用手背擦了擦恶心的嘴角，开始放声哭泣。孩童般的号啕大哭声回荡在狭窄的卫生间内。她恨透了那双让她双腿累坏了的高跟凉鞋，索性把另一只也丢了出去。

被悲惨境况压垮了的女子，比呕吐物还要污秽。

翌日，茉莉将头发稍作修剪，轻巧地梳理好。她走进大型布料专卖店，想要什么颜色的布料就尽情买下。随即，她又前往大型画材专卖店，买了笔尖和网点纸，剩下的钱则买了一对银耳环。耳环在耳边轻轻摇摆，和变得轻薄了的头发很是相衬。

回到家中，茉莉在无人的起居室尽情地摊开布料，默不作声地照着月野给的Cosplay服的纸样开始裁剪布料。光是做完这些，一天就结束了，昨天的惨状似乎已被完全抹除了。

被欺负的第二日就要充分地放纵自己。想要什么就买什么，做一些能让自己集中精神的事。布料剪裁完成后，看着成型的服装，茉莉不禁心潮澎湃。兴奋的心情能够让被击溃的心得以再生。

茉莉将成型的衣服搭在肩上，揽镜自照，心满意足地笑了。

我不会恋爱的，对此也一点都不期待。这不是连续剧，绝对不能忘记必须走上真正人生道路的觉悟。

我不惧怕死亡。因为无论过程中发生些什么，我都注定会死去。

我会死去。

这是一开始就决定好了的事实，所以，安心吧。

七

25 岁，余命 10 年中间点的冬季。

周围匆忙地发生着变化。圣诞节过去，新年到来，在情人节即将到来的时分，身边的人如同产生联动效应一般地纷纷开始结婚。

该来的时刻终将到来，茉莉感慨道。这条路最让人感到恐惧，却躲避不开。从此刻起，结婚“竞赛”拉开序幕。在这场竞赛中捷足先登、拿下一等奖的美弥乐得看戏，她的笑容只能用“从容”来形容。

结婚、怀孕，诸如此类的关键词在身边散乱成一团。在学生时代，茉莉对于和他人交往还算擅长，正因如此，砸向她的“结婚炸弹”的数量绝不在少数。熟人们纷纷发来邮件，寄来请柬，不断轰炸，希望茉莉能来见证自己的幸福。茉莉把高中时代的朋友寄来的请柬丢到地板上，自己也瘫倒在地。

呆呆地望着一成不变的天花板，她回想起了迄今为止的恋爱经历。和淡白色的人生一样，茉莉只能想起一些无趣的、丝毫勾不起兴致的故事情节。

“结婚啊……”

礼子发病时将近三十岁，当时她已结婚生子。能在发病前生下孩子，在某种意义上来说，已是幸运——礼子得以充分品味身为女人最美好的瞬间。

对女人而言，除了结婚、生子，难道就没有其他不可动摇的幸福了吗？对于徒增年龄，社会经验却少得可怜的茉莉而言，就连“不可动摇的事”的选项都想不出来。

节制的敲门声响起，在得到回应后，桔梗走进屋内。

即便只是黑色高领毛衣配牛仔裤这样随意的打扮，桔梗看上去仍旧华美动人。

“茉莉，有空吗？”

“嗯……嗯。”

真正的美人，在年过三十之后才会展现出真正的美。内在积淀的修养和经验延伸至外表，从妆容到服饰也全都沉静下来。桔梗擅长保养，她肌肤雪白，脸上一个斑都没有，秀发直到发梢都鲜亮无比，竟然比二十多岁时更美。她应该会变成一个很漂亮的老婆婆吧——茉莉不禁如此暗忖。

桔梗所说的话，和茉莉丢在地板上的请柬有着相同的内容。

桔梗要结婚了。

高林家开始了一场大骚动。

桔梗自然有自己的恋人。对方姓铃丘，是个成熟的绅士，在探病时会给茉莉买来她喜欢听的CD，还会根据季节变化，送给她在病房内使用的拖鞋。

当桔梗得知茉莉罹患的是遗传性疾病时，她似乎把只有茉莉发病之事归咎于自己，情绪异常低落。茉莉从没认为这是桔梗的过错，对她而言，被囚禁在桔梗自虐式思考的阴郁情绪之下，无疑是一种压力。而铃丘始终支持着露出仿佛世界末日降临般表情的姐姐，对此，茉莉在心底默默地表示感谢。

姐姐的结婚筹备工作在顺利进行。铃丘调动工作的事也已经定了下来，婚礼必须尽早举办。他四月就要调职到群马县，两人才仓促地决定结婚。

茉莉看着眼前反复试穿婚纱的桔梗，面露微笑。自从桔梗决定结婚后，茉莉的笑容也比从前多了。

“茉莉，这套怎么样？是不是比刚才那套好？”

被轻盈的纯白婚纱所包围的桔梗满脸为难地问道。

“非常可爱，全都很适合你。干脆全都穿一遍？”

“什么？真是的，好好帮着选呀。”

“只要桔梗喜欢就好。”

“不行，我想要茉莉帮我选。来，好好看着。”

“……嗯。”

在试穿第五套婚纱的时候，铃丘终于姗姗来迟。工作交接令他忙得不可开交，婚礼的准备工作几乎都由桔梗包办。

“茉莉，你好啊。”

“啊，铃丘先生，休息日加班，辛苦你了。桔梗在试衣间。”

在婚纱店铺满了地毯的宽敞大厅里，婚纱、镜子和新娘四散着拥挤在各处。

铃丘在一旁的沙发上落座，开始说起“交接工作基本完成”“接下去自己也会帮忙准备婚礼”的话题。交谈过程中，铃丘在若无其事地确认过茉莉姐妹的母亲还没来之后，才略显困惑地开口问道：

“茉莉，我带走桔梗，没关系吗？”

“什么？”

“在调动工作决定下来之后，我就想着让桔梗一起过去……

你会不会觉得寂寞？”

“要是桔梗不去，会感到寂寞的就是铃丘先生了。”

“那是当然。”

“那就没问题了。如果不让桔梗一起过去，她也会寂寞的。”

“但让她离开家人也会很寂寞吧？”

铃丘直直地看着茉莉说道。对面那个年轻男子应该不会问出这样的问题来吧——他正言听计从地整理着女子的裙摆，按下快门，两人宛如任性的女王和她的随从。

“当然会寂寞啦，非常寂寞。”

铃丘英俊的脸上笼上一层阴云。

“但是不会有问题啦。群马那边有爸爸的亲戚，还有我们儿时的玩伴，桔梗在那边会过得顺心的。我都 25 岁了，不必那么为我担心。”

对于铃丘担心的事情，茉莉心知肚明。而且她也明白，桔梗其实是有离开家人的想法的。

“我没那么容易就去住院的，会好好注意自己的身体，你放心。我的身体状况一直都挺不错的，不会有事。”

现在不适宜讨论不幸的话题，因为这里属于拥有完美幸福的人们，不能被玷污。

茉莉绽开笑容，铃丘也微微一笑。

“谢谢你，茉莉。”

“不要客气，姐夫！”

“哇，被叫姐夫了，这种感觉真好！”

“但我从来只叫桔梗，没喊过姐姐，感觉好害羞。”

“我挺喜欢被叫姐夫的。”

“啊，聪，公司那边搞定了？”

桔梗走出更衣室，周围的空气都变得松软软的。一瞬间，其他的新娘都变得面目模糊，连那个随从一般的男子都毫不掩饰地看着桔梗。

茉莉端坐在沙发上，望着桔梗和铃丘并肩站在镜子前的模样，充满了自豪的幸福感和慈爱感。她将桔梗即将远嫁所带来的寂寞和不安压在心底，按下了快门。

在樱花盛放的时节，桔梗出嫁了。

茉莉满怀对心爱的姐姐的感谢之情，制作了面纱和桔梗色的发饰。戴上茉莉亲手缝制的、缀了蕾丝边和小颗珍珠的面纱，姐姐美到令人自豪，可爱到让人想哭。

心情平静，春风宜人，新娘美丽无瑕。茉莉打从心底感受到了幸福。

婚礼仪式顺利结束，送别客人也暂时告一段落，茉莉朝婚礼会场的化妆室走去。就在她打算开门的当口，那些群马县的姑母熟悉的声音令她停下了动作。

“茉莉今后会怎么样呢？”

听到自己的名字被提及，茉莉开始踌躇是否该推开门。

“桔梗算是有归宿了，茉莉就……”

“难道是母亲的病遗传给了茉莉？”

“我让儿子们都去检查过了，虽说这种病早期很难被发现，但……我可不想家里再出病人了。”

“我也让女儿去医院了，变成茉莉那样会很麻烦……母亲走得很痛苦，虽说是小时候发生的事，但我记得很清楚。”

“即便如此，可茉莉若是能像母亲那样晚点发病的话，或许还能结婚……大哥实在太辛苦了。”

紧握门把手的手猛地滑落，茉莉悄无声息地离开了。

“茉莉，回家了。”

被亲戚称作“很辛苦的大哥”的爸爸笑得很灿烂。宝贝女儿结婚，对于爸爸来说比任何事都值得夸耀。对周围的人们频频低头致意的妈妈，也带着宛如被解放了一般的爽朗笑容。

真是一个幸福的家庭啊。因此，她决不允许家里有半点阴云的存在。

茉莉露出笑容。

“好，回家了！我肚子好饿！”

停车场中，樱花随风飞舞。在淡红色的花吹雪之中，“家庭”的感觉仍然满溢。

桔梗和聪一起搬去了群马县。

餐桌边空出的位置，令人痛切地感悟到，桔梗不会每天回到这个家中来了。这种感悟令人寂寞，又令人心里不安。

为了填补失去了桔梗这朵鲜花的空缺，茉莉变得比从前更加聒噪，看电视的时候还会捧腹大笑。她努力地让爸妈在没有桔梗的情况下也不感到寂寞。

每当坐在餐桌前，茉莉都会备感不安，总能感受到紧张感如同讨厌的暗影，在身后如影随形。当这里再空出一个位置的时候，这张餐桌会不会就此崩塌呢——光是想象就让她觉得恐怖。

她想要活下去。为了不让家里出现更多的空位，她想永远待在这里。然而，茉莉为了能笑，选择了舍弃桔梗那般的幸福。与其紧抓着实现不了的东西又哭又闹，不如就此舍弃，笑对生活，这才是自己的生存之道——茉莉对此很清楚。

想活下去，但却无法摆脱死亡。死亡是终结一切的唯一方法。这究竟是何等残酷的选择啊？茉莉不禁憎恨起了命运。

茉莉一边咔嗒咔嗒地踩着缝纫机制作新衣服，一边让思绪在两个选项之间来回摇摆。然而最终她听到的是医生给自己宣判余生寿命的声音，那就是生命的终点。

住院那两年的惨痛经历，让人绝对不愿再遭受一次。检查、用药、手术，全都痛苦到让人想放声大叫。然而，这是茉莉活到目前为止最努力的一次，努力到她能够挺起胸膛，向那些对自己说“要努力”的人们发问：“在此之上，我还能怎么努力呢？”即便如此，她仍然无法阻止病情的发展，余下的寿命也不会有所延长。

竭尽了全力的瞬间，茉莉仿佛已经燃烧殆尽。剩下的只有如同无须举白旗便擅自宣告终结般的虚无感。

若是不放弃，紧紧抓着的东西就会从指缝溜走，这种感觉应该就是“绝望”吧。茉莉深呼一口气，“要努力”的勇气早已分毫不剩。

这个世界上，有些事就是这么无可奈何，再怎么努力都无法颠覆。这一定就是由神明决定的宿命吧，就像是每个人都无法选择自己的父母和出身那样，是一种定论。

领悟到这一点时，茉莉明白了自己必须放弃。放弃才是她唯一的救赎。

“唔……呜……”

啪的一声，一大颗泪珠在布料上扩散开来。

茉莉慌忙停下缝纫机擦拭，又一颗豆大的泪珠滚落下来，弄脏了布料。鲜红的面料染上了黑色的污痕，泪珠继续顺着面颊滴落。

茉莉扯断外露的线头，把将近完工的衣服摔在地上。

在只有茉莉孤零零一人的房间里，她坐在椅子上放声大哭。日积月累的不安和无从选择的宿命让她心力交瘁，她叹息着，为无法治愈的不安哭个不停。

我究竟为何而生，又为何而死？

为什么偏偏是我？这里无处可逃，形同狭窄的牢笼，无论向哪边走，最终都会碰壁。

过去已无从更改，然而就连未来都无法改变。

我好怕死亡。

但也好怕活着。

我甚至连人生都选择不了。

八

吸尘器马达的声音一停，原本因茉莉忙着画草稿和制作服装而十分凌乱的房间，恢复了平常的寂静。茉莉环视收拾干净的房间，呼地叹了口气。从开启的窗口吹入的凉风让人感觉分外清爽。用拧干的抹布仔细地将桌子擦拭干净，照进屋内的日光清新又温和，让人联想到初夏。阳光照射在刚刚擦拭完毕的桌面上，反射出一闪一闪的亮光。心底淤积的阴暗心情仿佛也一扫而光。

鼻尖处能够闻到甘甜的花香——说起来，茉莉看到附近庭院的木兰开花了，或许现在已经完全盛开。茉莉心想：要不把照片拍下来，发给每年都在期待着庭院里的木兰开花的桔梗吧。

Cosplay服和原稿最终全部完成。茉莉像往常一样参加活动，和沙苗、月野度过了喧闹的时光。

为了忘却被不安紧紧追逐的生活，只能牢牢地抓住能够让自己沉溺其中的事。若不采取行动，那生活就不会有任何改变——道理茉莉都懂，但该改变什么、如何改变、今后想要做些什么，对于这些展望，茉莉全都找不到答案。与其哀叹命运，充分品味眼前的乐趣无疑轻松得多。或许有人会把这种行为称作“逃避”，但既然她已经过上每天为无可奈何之事叹息连连的日子了，那么笑着逃开又有什么不好？茉莉选择了将错就错、一错到底的态度。

茉莉取出桔梗婚礼上的相册翻阅起来，自然而然地绽放出了笑容。

“把这个带上吧。”

茉莉将预备在下周前往群马县时带上的相册放在桌上，继续投身扫除工作。

伴随着动漫主题曲的旋律，她继续打扫。来到书架最下层的位置，将码放着文件和笔记本的地方收拾干净，这时茉莉发现了一本令人怀念的迷你笔记本。

“哇，是住院时的日记。”

打开封面印着 Hello Kitty 的粉色本子，隐隐地还能闻到病房的气味。翻开一看，纸上记录着药名、检查概要等内容，就像医大学生的笔记一样。再往后翻才是日记。茉莉停下正在打扫的手，一页接一页地翻起了日记，宛如阅读老战友寄来的书信。

在那间全白墙壁的病房里，窗户只能略微打开一点。刚住院时，茉莉只是觉得，如果窗户能大开，病人的心情也会变好。而当她意识到“啊，原来这是为了防止病人自杀”时，她的心情一下子变得相当暴躁，仿佛自己整个人都被否定了。从病房那道窄窄的窗户缝隙间吹进来的风，是被掠夺了自由的象征。

抬头仰望窗户，从敞开的窗口吹入的清风饱含季节的气息，挠得她发梢和面颊痒痒的。深吸一口气，闻到的是流动的味道，怜惜之情满溢，令人不禁静静地合上双眼。这里没有黑暗，橘色的光芒映入眼帘。即便闭上眼睛，阳光也不退半分，强而有力地温暖着万物。那间病房照不进日光，无论何时都是一盏昏暗的电灯，从早亮到晚。

视线再度落到日记本上。

被困在那间病房中无处安放的不安、恐惧和绝望，竟然能被这种细碎的小事所抹去。

而当茉莉察觉自己竟然如此渴望那些细碎的小事时，她不禁愕然到想哭。

太阳的光芒、清风的味道、天空的炫目、和某人定下的小约定、让心灵雀跃欢喜的精神食粮、能够自由活动的身体、让身心舒展的空间，聚集在“这里”的一切，都是彼时的茉莉所不曾拥有的。

那一定是她那时尚未找到“生存”之法的缘故。

这种把自己全部硬塞进小小的日记本中，活在日记里的生存方式，该是一种多么难以言喻的痛苦。

茉莉坐在原地，面对彼时的自己。

在日记本中，她发现了礼子的名字。

话说回来，教她尝试着将无法对他人倾诉的心情写下来的人，正是礼子。这一习惯延续至今。茉莉偷偷瞥了眼夹在电脑旁那排杂志中间的绿色笔记本，又翻了一页。

“对我而言，究竟想对什么人说出‘谢谢’‘对不起’‘我喜欢你’呢？”

病房内的白色墙壁，记录心脏跳动的机械声，摆放在窗边的黄色向日葵和红色封面的算数习题册。茉莉回想起躺在病床上的礼子的侧脸。

礼子空留一份后悔，她不曾完成三句话的告白，便去往了那个世界。

谢谢。

对不起。

我喜欢你。

彼时，礼子已经无法外出。这也是茉莉终有一日将面对的“此时”。躺在病房里回忆着不曾说出口的后悔，茉莉绝对不要这样。

某种东西在茉莉的内心急速地行动了起来。她开始用四倍速回顾自己 25 年的人生。

走马灯之中出现了“那个孩子”，茉莉立刻扬起脸来。她合上日记本，没有直接放回书架，而是透过敞开的窗户眺望起天空，陷入回忆。

新谷美幸。

那是仍然年少的她在 12 岁时犯下的罪过。

下了电车，走出检票口，一辆崭新的粉红色车子停在道路交叉口的交通岛处。茉莉挥了挥手，就见初为人妻的桔梗带着明媚的笑容下了车。

桔梗的新居陈设简单，其中摆放着体现夫妻两人不凡品位的家具和可爱的小摆件。室内不算太宽敞，但只要看过这个空间，就能切实感受到桔梗的幸福。

或许是久别重逢吧，桔梗罕见地欢闹不已。无论曾经在这里生活了多少年，她果然还是会感到有些寂寞呢——茉莉心中不由得投下一抹阴影。然而，当姐妹俩踏入附近超市的瞬间，“啊，桔梗！今晚准备做什么菜？”“桔梗，限时促销马上要开始了！”“啊，桔梗，今天刚进了很不错的鲜鱼，去卖鲜鱼的地方看看吧。”“桔梗前辈好！”的招呼声接二连三地响起。

“桔梗，已经交到朋友了？”

“不是啦，都是从前的朋友，我在这里一直读到高中嘛。小学、初中的同学也都还记得我。还有转学后也一直保持联系的朋友。”

“这样啊……真好，能回到从前住过的地方。”

“是啊，如果是搬去完全陌生的地方，我肯定会得思乡病的。”

桔梗似乎已经完全熟悉这片土地了。她还有那些转学后仍然保持联系的朋友，真是太好了。

茉莉则完全没有转学后还在联系的朋友。刚进入初中她就转了学，为习惯东京的生活拼尽了全力。

（桔梗在初中、高中都是如同偶像般的存在，所以记得她的人很多……）

看着大家友好地跟桔梗搭话的模样，茉莉安下心来。

“快看那边，你还记得吗？”

“哇，好怀念啊！”

姐妹俩在返回桔梗家的途中绕了点远路，将车停在坡道下方，那里能够看到从前居住的团地[1]。

“居然老旧成这样了？”

---

1 团地：日本在 20 世纪 60 年代经济高速发展时期开始新建的公寓住宅楼，让人们离开独门独户的房子住进楼房，大大缓解了当时日本的住房紧张问题。

“这个嘛，我们也有一定年龄了。”

“对哦。不过当时听说去东京就能住独门独栋的房子，我真的很开心。”

“是啊，以前我跟茉莉两个人住在一个房间。”

“高中生会不会觉得这种事很不可思议？”

“嗯……我没这么想过。跟你正相反，搬家后有了自己的房间反倒感觉寂寞。”

“啊，确实如此。当时桔梗总是偷偷爬到我的床上去，打雷的日子、附近失火的时候肯定会过来。”

“哇，不许告诉聪！”

“好的，好的！”

两人笑着开车离去。她们确实在此地度过了学生时代，正因如此，在回忆的边缘，也存在着那被遗忘的罪过。

当天晚间。

“茉莉，明天想去哪里？要不要去购物？”

“对不起，我跟小学时期的朋友有约了。”

“这样啊。跟谁？”

“嗯……桔梗应该不记得了吧。”

“是吗？你可别太胡来，如果太迟的话我就去接你，要跟我说哦。”

“嗯，谢谢。”

跟泡好澡的桔梗谈过之后，茉莉在客用的棉被上打开手账本。上面写着她在家中好一通寻找，才终于从小学毕业纪念册中找到的地址。

小学三年级时，茉莉跟新谷美幸分到了同一个班级，后来她们开始交好。和沙苗一样，美幸也喜欢画画，两人志同道合。五年级分班时她们被分在同一个班级，要好到连铅笔盒都要买同款。

那是一个可以两面开启的红色铅笔盒，除普通铅笔以外，还能收纳彩铅，甚至内置了卷笔刀。盖子的内侧画了她们最喜欢的漫画中的狗的形象。她们每天都会跑到文具店去看，想要得不得了，但两家的父母都不给她们买。两人不死心，开始乐此不疲地将零花钱存起来。这是她们第一次存钱，经过数月，终于把铅笔盒买了下来。“要一直很珍惜地使用！”“要一直用同款！”茉莉犹记得她们怀抱崭新的红色铅笔盒的那天。

然而，两人的友情实在过于脆弱。

美幸在体育方面堪称全能，在运动会的接力赛上跑女生的最后一棒。在运动员不断相互追赶、超越，进入白热化的比赛中，美幸超过了第二名独自领跑。眼看她胜利在望，全班开始沸腾。然而，就在将接力棒交给男生的最后一棒之前，美幸华丽地摔倒了。摔跤方式之夸张，令茉莉至今都记忆犹新。即便最后一棒的男生拼命奔跑，他们班还是拿了个倒数第一。

因为此事，美幸变成了被集体无视的对象。虽然说不上是谁主导的，但当时大家的抱团意识很强，绝对要随大流。美幸的课本被藏起来，扫除时没人帮忙，茉莉目睹了曾经友好的同学瞬间翻脸的过程。无视的情形愈演愈烈，逐渐变成了霸凌。当时已到了单凭一己之力无法扭转局势的程度，“再继续庇护美幸的话，接下去绝不饶了你”——整个班级浸透在这一默认的规则之中。

茉莉就连出言反抗或向班委会提出异议的勇气都没有。接着，她还换掉了同款的铅笔盒。

原本休息时间会画画，现在却改为去外面玩耍。午休似乎永无止境，只要到了上课时间，哪怕是自己最讨厌的数学课都会令她安心。离毕业还有五个月，茉莉始终屏息静气地潜伏着，一边从远处望着明显孤零零的美幸，一边将冷漠贯彻到底，挤在之前从未交谈过也合不来的小集体中笑着度过了小学最后的时光。

上初中后，因为学区不同，美幸大概不知道茉莉转学去了东京。小学毕业典礼上，完全没人向美幸提出诸如“一起拍照吧”“给我的相册签个名”之类的请求。她究竟是如何离开学校的，茉莉无论如何都回想不起来。

直到最后，美幸都在用那款红色的铅笔盒。而对美幸的求救信号采取了持续无视的态度，正是茉莉犯下的罪过。

茉莉下定决心来到美幸家，前来应门的是她弟弟。茉莉对他尚有印象，但对方似乎完全不记得她。

茉莉不敢说自己是美幸小学时的朋友，不假思索地自称为美幸的初中同学，并以此展开话题。小时候经常笑嘻嘻地跟在美幸身后的弟弟挂着一张不耐烦的脸，回答说姐姐结婚后就不住在这里了，然后跟完全没有保密义务一般，一被问到姐姐的住址就爽快地说了出来。

是不是该教教他不该把姐姐的住址随便告诉他人呢——茉莉边想，边朝被告知的地址走去。向路过的人打听了好几次，茉莉好不容易来到美幸家外面，她不由得“哇哦！”了一声。

那是一座有着欧式屋顶、外观可爱的独栋建筑。白色大门的另一侧，是一个园艺爱好者会有的花坛。门牌在日光照耀下闪闪发亮，美观凛然，整栋房子散发着一股“住在里面的是一个幸福家庭”的氛围。

面对此光景，茉莉感受到当头棒喝般的冲击。直到此刻，她才意识到自己的自作主张，才要按响门铃的手踌躇地停顿下来。

她低下头，再次打量门牌。

还是回去吧。

就在她的心开始打退堂鼓的瞬间……

茉莉跟大门一侧的金毛猎犬四目相对。在看到茉莉时，狗狗那对漆黑的可爱眼睛随之一变，狂叫着朝茉莉这边猛冲过来。寂静的住宅区回响着响亮的犬吠声。假如助跑过来，狗狗绝对能飞跳出大门。而茉莉面对这种大型犬，也只能发出惨叫。

花坛对面的窗户哗啦一声开了，应该是里面的人听到了门外茉莉的尖叫声。房子的主人边哄孩子，边朝庭院走来。

来人正是美幸。中长发烫成了美丽的卷发，身穿海洋色系的上衣和修身牛仔裤，完全变成了一位年轻的太太，但容貌还清晰地保持着过去的模样。被美幸抱在怀里的女婴有一岁左右，她正用天真无邪的眼睛看向茉莉。

“小纯！小纯，安静！”

美幸慌张地跑来，金毛立刻闭上嘴，喉咙里仍旧呜呜作响，瞪着茉莉。

“请问……”

看着吓得缩在大门一角的来人，美幸出声询问。茉莉战战兢兢地仰头望向美幸。

“……茉莉？”

“好、好久不见……”

“真的假的？真是茉莉吗？”

“我真是茉莉，高林茉莉。”

进门时，茉莉简短地讲了自己从转学到姐姐结婚为止的这段经历，美幸露出温柔的微笑。她将名叫“小纯”的狗狗牵到狗屋拴好，再次将大门打开。

“茉莉能来，我真的很开心！”

真是这样吗——疑神疑鬼的同时，茉莉还是坦然接受了这句话。

美幸招待茉莉进屋。跟这座房子的外观一样，屋内同样彰显着幸福。时尚的餐边柜上摆放着家庭照，其中有看上去十分温柔的丈夫和美幸，还有他们可爱的孩子。

身穿 Comme Ca[1] 品牌婴儿服的女孩在茉莉周围爬来爬去，毫不认生，亲切地看着茉莉。

“桔梗住回这里来了啊！”

“嗯，在南中学附近。”

“真想见她，她可是女生们憧憬中的人呢！”

美幸端出红茶放在矮桌上，抱起地毯上的孩子坐在沙发上。茉莉也在她的催促下在沙发上落座。

美幸已成长为一名美丽的女子，绝对想象不出彼时的她黯然地低垂着头的模样。这让茉莉很开心。

---

1 Comme Ca Du Mode：设计师上田稔夫创立的日本时尚品牌，走黑白调性的简约时尚风。

“茉莉呢？现在又在做什么？”

被美幸一问，茉莉不由缩回了伸向茶杯的手。

直接说出自己身体不好倒也无妨，但此时此刻，她只想把自己藏到没有嫉妒和羡慕的地方去。她不想给眼前天真无邪的婴儿的笑脸，以及充斥在这个家中的幸福感蒙上阴云。

“我在东京做 OL。”

“我听谁说过茉莉转学的事，但没想到是东京。东京啊，真好。”

“美幸才最幸福呢，有丈夫和可爱的宝宝。”

美幸以笑容答复茉莉的话语。

“美幸，那个……”

茉莉坐立不安，犹豫是否要说出实情。最终，她还是说出了此次前来拜访的真正理由。

“对不起。”

茉莉站起身低头致歉。一阵小小的沉默从幽静的住宅区流过。

隔着刘海，可以看到美幸拿起了茶杯。茉莉不知何时才是抬头的好时机，直到美幸啜了一口红茶，重新把茶杯放回原处，她都保持着低头的姿势。

“没事了，茉莉。”

“真的吗……”

“好啦，那不是茉莉的错。”

在美幸的催促下，茉莉重新坐回沙发，随即将红茶一饮而尽。美幸抱着婴儿，直直地看向茉莉，然后笑了。

“到现在还记得这件事的，只有茉莉一个人了。”

“怎么会……”

“就是这样的，大家全都忘了。人们都是这样，会记得别人对自己做过的事，却不记得自己都做过些什么。我也是这个样子的，所以很明白。”

“美幸‘也是’……？”

“是啊。上初中时，我可是个欺负别人的孩子。”

美幸恶作剧般地一耸肩膀，咯咯地笑了。

“跟我上同一所初中的同学全都知道，美幸可是很恐怖的。”

“很恐怖……”

“也不算是什么不良学生啦。我在社团活动中可是很拼命的。”

“你参加了什么社团？”

“田径部。别看我这个样子，我可是县纪录的保持者呢！”

曾被霸凌的她，选择用继续奔跑的方式消除过去的阴影。在田径部得到信任后，她将前辈拉拢到自己身边，对于不喜欢的同学则欺负到底，其中也包括小学六年级时欺负过她的同班女同学——美幸说得毫不在乎。

“被打了就还手，真的是小孩之间的吵架。当时我绝望到想死，但事到如今我也在反省。但我可没像茉莉这样特意上门道歉，也没人向我道歉。”

“美幸，虽然你在笑，但说得很暴力哦。”

“是吗？因为我变强了。被欺负让我变强，变成欺负别人的孩子让我更强。只不过，万一美树……这孩子被人欺负的话，我还会变得更强；万一她变成了欺负别人的孩子，我会变得更加、更加强。”

“……你最强了。”

茉莉笑着说道，美幸则用纤细的手臂将婴儿高高举起。开心的美树咯咯地笑了出来。

“美幸，对不起。”

“没事的，茉莉又没有完全变成欺负别人的孩子。”

“是吗？我还是觉得自己做得很过分……”

“为了换掉铅笔盒这种事就跑来说对不起，很好笑哦。”

“对不起……”

“当时这种小事也显得很重要。嗯，我接受你的道歉。”

美幸笑了，笑容中能够看到两人曾经一起画画时的模样。

“站在欺负别人的孩子的角度来说，茉莉实在过于温柔了。”

“欺负别人的孩子的意见，是吗？”

“被全班排挤也是无可奈何的，但其实我知道，茉莉一直都非常在意我的。对于茉莉的这点，我真的非常喜欢，所以今天你能来让我很开心。不过话说回来，茉莉既然都记得那个铅笔盒，竟然对我家狗狗的名字‘小纯’没反应？”

“咦？什么意思？”

美幸在茉莉的反问之下突然鼓起了面颊。还是小学生的时候，她在画不好画的时候就有鼓起面颊的习惯。

美幸边泡新红茶，边略带怒气地说：

“太过分了，小纯是茉莉最喜欢的漫画主人公的名字啊！不是还说过如果生了孩子就起名叫小纯的吗？既然不能给自己的孩子用这个名字，就给狗狗用啦。”

“为什么因为我喜欢就……”

“对我来说，茉莉是我孩童时代的美好回忆。在快乐的回忆中，肯定都有茉莉的影子。所以无论是给孩子还是给狗狗起名的时候，我都会想起茉莉。”

羞耻感涌上来，竟让茉莉无法直视美幸的笑容。那种如同初次被喜欢的男生所告白时的心动、害羞又开心的感觉微微撞击着身体。

“谢谢你，美幸。”

“我才是，谢谢你能来，茉莉。”

两人相视一笑。茉莉伸出手去，美树也朝她伸出小手。在把小婴儿抱起来举高高时，美树放声大笑。茉莉从未想过自己竟然能如此抱着朋友的孩子。在服用了大量药物的影响下，茉莉自己不能生孩子。对于这件事，她一直很悲观，然而面对眼前这张健康的、笑着的小脸，她真心觉得十分可爱。

回到东京之后，就给美幸写信吧——茉莉如此想道。

“啊，对了茉莉，你还记得三四年级时的班级吗？”

“嗯，记得。那时大家都很要好，班主任也很年轻，总感觉是个好到整天黏在一起的班级。”

“对、对，现在大家的感情也很好哦。”

“是这样吗？”

“嗯，做过班委的三谷君，他家是开肉店的，因为肉的品质很好，附近的主妇全都去他家店里买。渐渐地，曾经班里的女生们聚集在那里，让三谷联系男生们，然后大概从两年前开始，大家会时不时地汇报自己将要举办结婚的消息，有时候也举办同学会。”

“同学会？在酒店举办吗？”

在对侧的起居室替换新的红茶茶叶的美幸笑了出来。

“不是，是附近的居酒屋啦。聚集了不少人呢。茉莉，你会在这边待多久？工作上的安排方便吗？那个……”

美幸用指尖触摸着放置在厨房飘窗上的日历，忽然兴奋起来。

“后天！后天就有！去参加吧！”

“那美幸呢？”

“我直接去参加续摊。老公回来之后偶尔会去参加的。茉莉要是能去，大家肯定大吃一惊！大家不是一起写过纪念册吗？当时的封面就是茉莉画的。班主任冈町老师的画，现在想起来还会爆笑。茉莉要是能去，大家都会很开心的。”

思绪盘旋在怀念的同学身上。“结婚报告兼同学会”这种聚会主题让她喜欢不起来，但如今茉莉的身份是“东京 OL”。这跟 Cosplay 没什么两样，扮演一个角色就好了。这样一想，茉莉的内心开始闹腾起来。

“去吧，茉莉。”

茉莉点了点头。

除此以外还有一个理由。

她想到了该对谁说“我喜欢你”。

对于我的“地雷”，美幸完全不知情，所以我才能变得坦率。只要做到极致，就能够装点内心。

没病的我，好开心。

为此我稍稍祈祷，如果谎言能成真就好了。

九

茉莉将回家的日期推迟，前去参加了同学会。

桔梗将她一直送到美幸所说的那家居酒屋前。

“玩得晚点也没关系，但千万不要勉强。”

桔梗从驾驶座看了居酒屋一眼，如此说道。

“不会有事的，谢谢你送我过来。”

“不管到几点都给我打电话！我过来接你。”

“谢谢，那我进去了。”

目送车子驶离，茉莉面朝夜空吐出一口气。白昼颇长的初夏的天空中，太阳从居酒屋开始热闹起来的时间起缓缓西沉，浅浅的一轮弯月闪耀着白光。

连来个居酒屋都要接送，简直像个娇滴滴的千金小姐——茉莉在内心开着自己的玩笑。但绝对不能觉得姐姐为自己操心这种事很烦。

站在居酒屋的门帘前，茉莉忽然心生怯意，不敢进去。她借了桔梗的衣服，妆容和美甲也是桔梗帮忙做的。就在她照着镜子再度确认自己的瞬间……

“你不进去吗？”

背后突如其来的声音，令茉莉肩膀一缩，跳了起来。转身一看，就见一个大学生似的男子站在那里。对方身穿肥大的 T 恤和能够塞进运动鞋里的长牛仔裤，留着一头茶色跟黑色混杂的卷曲长发。

“对不起！”

想也不想地就道了声歉，茉莉随即逃也似的钻过门帘，进入店内。

“茉莉……”

听到有人在喊自己的名字，茉莉战战兢兢地回头，只见身后的男子带着惊讶的表情注视着她。

茉莉在脑海中迅速进行了一场“记忆总动员”，搜索着对方的身影，却没有在东京见过他的记忆。也不是短大时期的同窗，那就是小学时期的？也就是说，他们两个同龄？

从服装来看，对方像是个大学生，所以应该是比自己年轻的后辈吧；从长相来看也不像是同龄人，还保留着些许小时候会被错认成女孩那般可爱的童颜。然而，即便将搜索范围扩展到后辈，也完全没有印象。

茉莉欲言又止，就在对方正准备开口的瞬间，对面房间的大门打开了，里面传出了热闹的欢迎声。

“茉莉！这边，这边！好久不见！咦？难道你是真部君？哇，你真的来了！真部君也来了！”

众人当然不可能对久违了 10 多年的茉莉放任不管。刚被带进房间，茉莉就受到了热烈欢迎。

“茉莉，好久不见，好想你！”

美幸已事先通知过众人茉莉要来，在同学们接二连三的招呼声中，茉莉拼命将记忆跟名字关联到一块儿，忙到没怎么留意大家都说了些什么。

谈话气氛十分热烈，桌上也铺满了居酒屋的菜单。茉莉什么都没点，面前就摆上了啤酒杯，从刚刚起，不知喝下去了几杯。

“茉莉在东京工作？听美幸说的。”

“东京真好，好酷啊！”

“哇，简直就是乡下人的发言！”

“普通的事务工作？”

“嗯……是服装工作。”

接二连三地应答着大家的问话，在茉莉意识到的时候，第二个谎言已脱口而出。

“真好啊，茉莉，服装工作，感觉好像电视剧啊。”

“很忙就是了。”

“是做衣服的吗？”

“嗯，以营销策划为主。”

“太帅了！”

明明除了动漫服装什么都没做过，谎话却说得分外流畅。从小学时代开始，茉莉就十分擅长家政课，装运动服和竖笛的袋子全都是亲手制作的。有同学回想起了这些事，茉莉也得以顺利进入虚构的角色。

店里越来越拥挤，同学们陆续到场。有人在周末加班，有人自己的店才刚结束营业，各种职业的人汇集于此。不知不觉间，一张张熟悉的脸都顺利对应上了名字，大家聊得十分起劲。茉莉若无其事地挪到才来的某个西装男旁边。

“好久不见，茉莉。”

“好久不见，丈瑠君，你看上去很精神啊。”

在两人笑着干杯之际，茉莉仔细地查看了对方左手的无名指。

丈瑠是她的初恋。他曾是元气开朗的班级领袖，从彼时起茉莉就觉得他很帅。今天一看，干练的表情配上西装，完美到让人瞬间感觉开始了新恋情。

“茉莉在做服装工作？你从前就很擅长做手袋什么的。”

“你还记得？”

“因为你的作品总是在走廊里展示。”

丈瑠的脸上，带着儿时一般温厚感的柔和笑意。抱着和他再会的目的前来参加聚会的茉莉，无论如何都希望在其他地方再跟他见面，于是边聊天，边寻找时机。

对于只会打“恋爱直球”的茉莉来说，唯一想到的能够让她说出“我喜欢你”的对象唯有丈瑠。随着初中搬家转学，这句话最终也没说出口，但从小学三年级同班直到前往东京，茉莉始终一心一意地喜欢着他。

“话说回来，茉莉曾说过想做漫画家，对吧？”

“我说过吗？”

“说过。我说要去奥运会参加田径比赛，茉莉说要成为漫画家。都忘了？”

难道被看穿了——茉莉狼狈地暗想。然而，丈瑠柔和的笑容不见分毫变化。

他不可能知道的——茉莉强行稳住自己的不安，随即用恍然记起般的声音说道：

“想起来了！说过，说过的，简直是梦话。”

“对啊，你的梦想怎么样了？不继续画了？”

“不画了。”

茉莉一耸肩膀，试图中止这场谈话。

“茉莉同学，想喝点什么？”

一个爽朗的声音忽然响起，转头一看，是先前在居酒屋门口碰到的人。

聚在这里的大约二十名同班同学中，有人已变成了中层管理人员般的模样，也有人长成了丈瑠那样时尚的成年人。年龄增长的方式可谓“十人十色”，但一派学生样的，唯有坐在一边的那个人。

他叫真部和人。茉莉模糊地回想起，正如现在明显地不合群一样，小学时期他在班上也是个融入不了集体的存在。跟十个女生中就有八个迷恋的丈瑠不一样，从另一个层面来说，和人也是一个让人佩服的少年。

他学习成绩拔尖，运动神经发达，但从来都不是人气王。茉莉跟他说话的次数很少，少到没能记住对方的性格，只隐隐记得是个有些奇怪的人，休息时间总是埋头读着文库本，放学后也总是第一个离开教室。

“我还没有……”

“乌龙茶行吗？”

和人看着菜单唐突地说道。茉莉刚想拒绝，他已招呼店员送了两杯乌龙茶过来。

“那个……”

“好了，跟我聊聊嘛。”

和人莞尔一笑。他的牙齿整齐，眼角下垂的脸庞像个让人恨不起来的孩子，茉莉不由得噤声。

“阿和还是那么我行我素呢。”

邻座的丈瑠笑着说。

“算是吧。我跟丈瑠不一样，无法在社会上生存。”

“无法在社会上生存？”

茉莉出声反问，和人将贴在面颊上的卷发向上一捋，耸了耸肩。

“我没进入社会工作，过着悠然自得的人生。”

“你是 NEET 族[1]吗？”

“不是啦，茉莉，你不记得了？阿和是正统茶道世家的传人，总有一天会继承家业的。”

“对，我家是开茶屋的，所以现在只需要修业，其他时间都

---

1 NEET 族：全称为 Not in Employment, Education or Training，俗称“啃老族”。

是自由之身。”

“所以才说你我行我素嘛。”

“现在无所谓了吧。”

茉莉被夹在两人中间听着他们交谈，随即提出了一个质朴的问题：

“我说，你们两个人关系很好？”

“我们俩读的同一所高中。那是一所初高中一体制的私立学校，阿和初中就入读了，我是高中时才进去的。”

“我是直升的。”

“我们高中同班，阿和还在田径部做帮手。”

“这样啊。”

“意外吗？”

和人如此一问，茉莉赶忙挥动双手连连否定。

“不意外啊，你小学时运动神经就很好。”

“你还记得？”

“嗯，你跑起来很快，跳箱也是全班跳得最高的。我到五个箱子的高度就跳不过去了，那时就觉得你很厉害。”

虽说是瞬间回想起来的事，和人却因茉莉的话而吃惊，如同温顺可亲的小狗一般脸上绽放出喜悦的笑容。

“谢谢你，茉莉同学。”

“只有阿和会在茉莉后面加‘同学’两个字。”

“对女生我没办法直呼其名的。”

和人一脸认真地对丈瑠的玩笑加以否认。至于小学时和人是如何称呼她，她又是如何称呼和人的，茉莉完全想不起来。

“从前开始就这样吗？”

“啊，你不记得了，茉莉同学？我好难过。”

“对、对不起！不过我很高兴，虽然我一般情况下，都是被直呼名字，但现在还加上‘同学’两个字，让我很高兴。”

“真的？”

“嗯。”

丈瑠开始讲述他们在那所只有优等生才能进入的私立高中时期的友情。茉莉注意到，会称呼和人为“阿和”的，只有丈瑠。

“阿和总是让人很佩服。成绩拔尖，在教室里经常一声不响地读英文原版书。”

“是个文学少年啊。”

“倒也不是，他在家里听的都是死板正式的日语，所以选择逃向英语。”

“什么啊，好棒的理由。”

“说到小说，还是看原版书最舒服。”

“我英语都没考到过 3 级以上。”

“这可不行，茉莉。阿和完全不懂除‘5’[1]以外的数字。”

“哇，感觉好讨厌！”

两人齐声大笑，和人板着脸塞了满嘴的炸豆腐，茉莉则把余下的、早已没气的啤酒一饮而尽。

“别闹别扭了，对不起啦，阿和君。”

最终茉莉还是没能想起小学时究竟是怎么称呼和人的，只能学着丈瑠的方法称呼他。

“反正我就只是个会考5级的人而已。”

“哇，这可是你自己说的！”

茉莉笑着说道，和人则带着困惑的表情搔了搔头。和人外表看起来与众人无异，但若仔细观察的话，可以发现他的脊背挺得笔直，拿筷子的方式也很认真，指尖也长得很漂亮，让人印象深刻。

喝完第一摊，众人起身准备去续摊。就在大家跟不去续摊的同学道别、在店门口交换手机号码的当口，有人问道：

“阿丈，你女朋友呢？”

茉莉不假思索地抬起头，目光却跟站在面前的和人撞了个正

1　此处应指由日本英语水平测试“Eiken tests”考试的等级。该考试分7个等级：5级、4级、3级、准2级、2级、准1级和1级。5级为最低等级。

着，赶紧不好意思地将视线转向手机的液晶屏。

“她回本家去了，会晚些回来。”

“你们打算同居到什么时候啊？差不多该结婚了吧？”

“我倒是想结婚，她还打算再工作一段时间。”

“这样啊，毕竟才进公司一年。”

对话声在头顶上方响起。突然遭到暴击的茉莉发觉，自己分明就在强颜欢笑。擅自制订的告白计划，就这样脆弱地破灭了。

众人交换完联系方式后相互告别，茉莉走向续摊的店铺的双脚忽然变得沉重。因为美幸会直接参加续摊，所以茉莉不能拒绝前去，但续摊的目的有一半是跟丈瑠约好下次见面的时间。

在成群移动的同学中，丈瑠位于队伍的最前端。刚才他分明就坐在自己身边，现在却仿佛不可触及般遥远。茉莉渐渐放慢脚步，走到了队伍最末端，和人则偷偷打量着茉莉那张显露出无聊神情的脸。

“茉莉同学在做衣服？”

“什么？”

“刚才你这么说过。”

“说是制作，应该算是销售，搞企划什么的。”

“这样啊。太可惜了。”

和人将双手插在牛仔裤口袋里慢悠悠地走着，回忆着什么似的仰头看向夜空。

“茉莉同学可是非常心灵手巧的。”

“阿和君还记得？”

“记得哦。”

“家政课上做的手袋？”

“不，是我衬衫上的纽扣。”

仰头看向比自己高出足足一头的和人，茉莉循着记忆的丝线搜索，却找不到相关的回忆。看着茉莉面露“不记得了”的神色，和人又露出了他那可爱的酒窝，挤出一个苦笑。

“不记得了？真的不记得了？”

“对不起。”

“那可是我小学时代最难忘的回忆呀。”

“真的？”

“真的。我衬衫的纽扣快掉了，茉莉同学发现后帮我缝好了。这里，就是胸口这个位置的纽扣。那是我第一次这么靠近女孩子的脸，感觉心跳得很快。”

“……这样啊。原来还发生过这件事。”

“真的发生过，我记得很清楚。”

茉莉的心猛地一跳。与此同时，手机铃声在身边响起，和人停下脚步接起电话。对此毫无察觉的同学们继续向前走，但茉莉不忍丢下和人，便站在离他略远的位置，拼命在记忆中搜寻和人所说的那件事。

“是，我明白了。对不起，今晚……是。这我明白。是。下周前来拜访。我明白。那边已经准备好了。是……没错。正如母亲所说……是，我明白。谢谢您。”

和人的口吻和先前判若两人，茉莉不禁抬起了脸。站在路边通话的和人语气上自不必说，连站姿都笔挺着，神色一派凛然。只见先前分明满脸开朗的和人，表情逐渐笼上一层阴影，不知是否被通话之人的言语气势所压倒，而不时地中断话语，紧咬下唇。茉莉不安地看着他。

“对不起，谢谢你等我。”

一挂电话，和人立刻又露出了天真无邪的笑容，小跑着赶了上来。

“嗯……”

“是我老爹打来的。”

“你父亲？你说话的语气好恭敬，我还以为是你上司呢。”

“他就是我上司。”

“什么？”

“老爹是家主，我不像是他的儿子，更像是他的弟子。我们是师徒关系。”

这是茉莉第一次见识到把父亲看作“上司”的人。她说不出更多的话来——从先前接电话的模样，就能察觉出和人与父亲的关系很紧张。走在他们前面的人发出欢快的大笑，直接把她接下去想说的话给吓回去了。

“茉莉同学的情绪很容易写在脸上。”

可能是察觉到了茉莉的尴尬情绪，和人笑着说道。

“欸？啊……对、对不起！”

“没关系，我都习惯了。”

“习惯了？……”

真不应该立刻反问的——茉莉内心暗想。和人没有看漏这点，用手指戳了戳茉莉的脸颊。

“又写在脸上了。”

“啊！对不起。”

“茉莉同学一点没变。这方面的习惯没变，太好了。”

“被人说从小学生起就没变过，一点也不值得高兴。”

“是这样吗？我倒是很喜欢你这一点。”

和人爽快地加上的这句话，令茉莉全身僵硬。哪怕只是对方无心的话语，她也无法直接当耳旁风，不由得慌了神。她硬是想要换个话题，和人却因为她的尴尬而哈哈大笑。

美幸来到续摊的居酒屋和众人会合，女生们展开了热烈的交谈。和人跑去跟丈瑠聊天，但当女生们的话题告一段落，他又跑到茉莉身边坐着，不知他是否看穿了茉莉不善饮酒，自作主张地给她点了甜甜的果汁。

而在和人身边，茉莉被先前那句“喜欢”扰得心里不舒服。

续摊的话题围绕养娃、结婚、吐槽工作等展开，气氛热烈。为了巩固自己的谎言，茉莉也试图加入吐槽大军，却逐渐感到疲劳，同时，她开始感受到身体上的疲惫。一到午夜 12 点就会倒下这种事，实在羞耻到说不出口，但她的身体确实在渴求安静和睡眠。最好谁也不要关注到她，谁也不知道她的真实情况，但她切实地感受到了内心的不安。

“茉莉同学，你没事吧？”

有声音从身旁响起，茉莉抬起了头。只见在吐槽大会上插不上话的和人正注视着她。

“怎么说？我没事。”

“是不是该回去了？你姐姐会担心的。”

“啊，对了，茉莉！桔梗！大家知道吗？桔梗结婚后搬回这里来了！”

美幸的话语引来众人的一阵惊呼。七嘴八舌的提问随即展开，茉莉只得保持笑容，装出快活的模样加入话题。

到了后半夜 1 点左右，茉莉的手机响了起来。是聪打来的电话。

“对不起，我马上回来。”

“嗯，虽然久别重逢是很让人激动，但不好意思，家人还是会为你担心的。”

“没事的。我在……”

茉莉说不清这家居酒屋的地址，只得走到店外，寻找店名和这栋楼的名称。她是尾随众人过来的，对地理位置完全摸不着头脑。她想要去找美幸问问，打算暂且挂断电话的时候，和人却走了出来。

“要回去了？”

“啊，嗯。姐夫打电话过来，他会来接我。”

“到这里来接你？”

“说是这么说，但我不清楚地址。啊，阿和君，现在正好在通电话，你能帮我说一下地址吗？”

“要不要我送你回去？”

总感觉这句话像是对方无意说的，但茉莉听到的时候，却反应过度了。她如同人生中初次听到这句话般面颊通红，开始在脑中展开模拟练习。

“你姐姐的公寓在南中学后面对吧？跟我家一个方向，这样行吗？”

“嗯……阿和君不喝了吗？”

“我随时都能喝。”

夜风拂去了面颊上的燥热。茉莉将期待、忽然消失不见的不安和胡思乱想一并甩开，点了点头。

她折回店内向大家告别，醉醺醺的众人表现出强烈的遗憾之情。

“再会啦，保持联系！”

“什么时候回东京要告诉我，我去送你！”

“谢谢，回去之前我们再一起喝个茶啊！”

“发邮件给我！”

茉莉向美幸致谢，又分别跟所有人打过招呼之后，再跟最喜欢的丈瑠挥了挥手。

“结婚的时候记得通知我！”

“好啊，茉莉也是。”

“我还早得很！工作还是很开心的。”

“今晚聊往事聊得很开心，下次再回来啊！”

“我也是！再见啦。”

最终，茉莉失去了诉说“我喜欢你”的对象，却度过了一段久违的充实的时光。

走出居酒屋，和人站在那里。

“你不用去跟大家道别吗？”

“不用，没关系。”

对比拼命维持社交辞令、不停说谎的茉莉，和人除了跟丈瑠聊天，就没怎么跟其他人说过话。嘴上说着“随时都能喝”，但这好像是他第二次在同学会上露脸。刚才和人说过，第一次是丈瑠硬把他拖去的。

茉莉跟在率先迈步的和人身旁，从侧面悄悄抬头看了他一眼。留意到茉莉的视线，和人露出好脾气的笑容。

和人自幼就不合群。休息时间一直很安静，跳箱成绩全班第一也丝毫不兴奋，反倒一脸轻松。

“你在想我？”

“什么？没有！”

“可你一直在看着我呢。”

“才没看！”

茉莉慌忙别开脸。

“茉莉同学应该没有男朋友吧。”

“你为什么这样断定？”

“也没什么。”

“你太没礼貌了！不过本来就没有，所以也不生气。”

“明明这么可爱，太可惜了。”

“可爱？哇，好久没被人说过‘可爱’了！”

两人配合着步幅走着。卷帘门全部拉下的商业街上响起茉莉的笑声，和人的笑声把她的声音包裹起来。和人很爱笑，他那看上去十分快乐的笑脸，惹得茉莉也绽开笑容。

“阿和君没有女朋友吗？”

“没有。”

“明明这么可爱，太可惜了。”

同样的话语一出口，和人不由一愣，随即低头看向茉莉，可爱的脸挂上赌气的表情说道：

“我很在意自己的童颜。”

“你长得那么帅，不必为此费神啦。跟走在街上的学生似的。”

“被专业人士这么一说，还真有点心痛呢。”

和人耸了耸肩。茉莉不由得有点慌。

“但比起长成大叔样，还是一直保持年轻比较好呢。”

和人面露亲切的笑意，飞快地说道。明明不是“专业人士”，却被如此称呼，茉莉不禁有些动摇。

“茉莉同学长成大人了。”

和人的声音在只有他们两人的商业街上回响。他边走边露出安详的笑意，眼中盛满温柔，让茉莉陷入触摸不到却包裹全身的某种感觉之中。这令她面红耳赤，面颊痒痒的。她缄默不语，被一股突如其来的安静所包围。而促使茉莉生出沉默的，正是她强烈地意识到“自己正跟男人独处”，忽然变得不好意思，视线也从和人身上挪开。

茉莉双眼看向朝西边的天空移动而去的淡白色新月，月亮似乎对她莞尔一笑。商业街前方吹来的暖风缠绕着裙子下摆，痒痒的感觉令她咬紧了后槽牙。紧闭的卷帘门被风吹响，宛如许多人正在向她行注目礼，她心里乱糟糟的。

某些先前还未意识到的东西，似乎突然有了轮廓。

和人转头的同时，她的心跟着微微一跳。

“茉莉同学，明天有空吗？”

和人以一种令人失去戒心的声音询问道。

和人虽说长得跟那些在喧闹的俱乐部舞池中央大喊“雷鬼最棒”的男孩一样帅，但绝对不像他们那般粗鲁。和人的声音中感受不到令人恶心的企图。茉莉有多久没跟男人一起过周末了？见面、吃饭、看电影，还是去哪里玩？和人又是怎么过的？茉莉坦率承认，她很想知道同和人一起过周末会是什么样。

“也没什么安排。”

“那明天出去玩吧。”

“要做什么？”

“难得你回来，要不要去小学看看？”

茉莉如同挥空棒的击球手似的泄了气。她并非忽然开始胡乱妄想，但这种过于正经的提议还是很奇怪。

“好啊，去看看吧。”

看到喜出望外的和人，茉莉不禁对明天充满了期待。

偶尔也想要对谁说：“我喜欢你。”

唯有这样，才能拥有“活着”的真实感受。这种话由女生说出口也行。

我喜欢你。

这句话真的很好。

光是这样，就会变得温柔。

我也想找个人说出这句话。

十

两人约好在小学正门会合。茉莉按时赶到，和人已等在了那边。

这天，日光从清晨起便十分强烈。和人穿着合身的白色T恤，搭配比昨天更正经的牛仔裤，看上去跟实际年龄相当。

“早上好，茉莉同学。”

“早上好。”

和人将手插在牛仔裤后面的口袋中，绽开笑容。

“今天是星期天，进得去吗？”

“嗯，每周都有足球社和棒球社的练习。”

“你知道得很清楚嘛。”

“这里是我的散步路线。”

"散步……你究竟过着什么样的生活啊？"

茉莉不由扑哧一笑，和人像猫似的搔了搔头。

穿过正门，就听到孩子们的声音从操场的方向传来。两人从游泳池边走过，侧脸看着操场并抬头眺望校舍。校舍跟他们在这里上学时相比不见任何变化，有着令人怀念的景色，散发着让记忆苏醒的气味。秋千、攀爬架和云梯也都在老位置。

单杠很低。茉莉不假思索地冲上去，试着抓住单杠做一个回旋，但原本能做到的翻卷上杠动作现在完全做不了了。

"茉莉同学，臀部太沉了。"

"阿和君能行吗？"

茉莉立刻反问，只见一旁的和人轻轻松松地回旋了一圈，随即迅速转身抬起头，伸长手臂俯视着她笑了。轻快的动作令茉莉看得着迷。

"多数单杠都很低的。"

"只是因为阿和君长高了而已。"

"啊，那样的话，现在的我或许还能这么做。"

和人跳下单杠，朝架在运动设施里侧的高单杠跑去。他伸长手臂，最高的单杠也能立刻抓牢。

"抓到了。"

"男生们会用这个做引体向上什么的，对吧？"

“对，成功了！体育测验时，只有我跟阿丈做引体向上做个没完。”

“啊，这个我记得。最后谁赢了？”

“我。”

“是吗？原来丈瑠也输过。”

“不好意思，我从来没输给过阿丈。”

“真的？”

“真的！”

从幼年时期的角度来看仿佛高耸入云的单杠，和人轻轻松松就跳了上去，随即一个翻卷上杠伸直了胳膊。茉莉从下方抬头仰望和人，此刻他处于比先前更高的位置，眺望着比先前更远的地方。

悦耳的打球声在网的另一端响起。转头望去，就见浑身滚满了尘土的孩子们分散在操场的各处，或追着足球跑，或挥舞球杆击球，给两人一种从旁回望自己童年的错觉。

茉莉想起了童年。“明天”无条件存在着，“今天”姑且快乐地度过。就算没有半毛钱，也能在这些运动设施上玩上一整天，孩子就是拥有这种不可思议的智慧，无论何时都被包围在“无限的世界从这里延伸出去”这样放飞的心情中。

对“死”心知肚明的人和对此一无所知的人，到底哪种比较幸福？时间的流速分明是一样的。

“茉莉同学。”

茉莉猛然抬头，就见和人正在上方笑着。他一副不知自己的寿数、悠哉又安稳的模样。

“天气真好啊。”

“是啊……”

“光是这样就能觉得很幸福了，不是吗？”

和人仰头望天，茉莉也朝同样的方向看去。

“真美……”

光是能够看见这种色彩，就让人感到无比幸福。

和人从单杠上跳下来，笑着拍了拍牛仔裤。两人眼神相交，茉莉也跟着笑了。

“走吧，我有东西想给你看。”

说着，和人牵起茉莉的手就往校舍的方向走去。和人的手掌很大，大到足以将她的手给整个包拢，茉莉觉得他的手掌像天空一样。

排列在出入口处的鞋柜看上去小小的，穿着袜子踩在走廊上那股冰凉又坚硬的感觉，不知为何让她涌起新鲜的感动。两人走上楼梯，安静地走进挂着“3 年 2 班”牌子的教室。

眼前展开的光景宛如微缩模型。课桌、椅子、书架和窗户，一切都感觉好小。茉莉尽情地吸了一大口熟悉的空气，小孩子似的嬉闹着在窗边的位置上坐下。小小的课桌配有颇具个性的道具箱，整体颜色是用旧的原木色。

“原来是这个样子的？”

“全部东西都好小。”

“茉莉同学坐的是这个位置？”

“不记得了，阿和君呢？”

“我也不记得了，只记得从来没跟茉莉同学坐在一起过。”

和人边说边坐到了茉莉旁边的位置上。他将双臂搁在和体型不相符的课桌上，托腮看向茉莉。

“茉莉同学喜欢谁？”

“你是说读小学的时候？”

“让我猜猜看，是阿丈吧？”

和人的回答令茉莉不由得一愣。

“你怎么知道？”

“茉莉同学实在太容易被人看穿了，你从小就是把想法写在脸上的孩子。”

“这样啊。那会不会丈瑠也看出来了？”

茉莉站起身来，时而看看身后架子上的金鱼缸，时而看看孩子们色彩缤纷的绘画。教室后方的黑板上写着令人怀念的季节性歌曲的歌词，茉莉试着哼唱，又看向歌词上方张贴的日本历史年表，为自己记忆的遗漏而叹息连连。和人的视线则一刻都不曾从她的背影挪开。

“阿丈很迟钝的，还真不好说。对于自己很受欢迎这件事，那家伙自然毫不知情。”

“这点也让他很帅呢。”

“昨天碰到的阿丈也很帅？”

茉莉猛地转头，撞上了和人的视线。视线相交仍让她感觉不舒服，茉莉赶紧又将自己的视线挪到了年表上。

“丈瑠还是老样子。他变得又帅又温柔，还记得我从前的梦想，让我很感动。但我不会这么轻易就喜欢上他的。”

“为什么？”

“初恋是初恋。昨天是昨天。”

“没在那段时间里坠入爱河？”

“我不会那么轻易就恋爱的。”

话是这样说，但当茉莉得知丈瑠有女朋友时沮丧的模样，肯定还是暴露了。

“恋爱是一瞬间的事。”

只听椅子被拉开的声音，转头就见和人已站起了身，穿过课桌，朝这边走来。周围的课桌、架子都太小了，显得走近的和人十分有压迫感。和人戴在脖颈上的吊坠摇晃着，金属片相互摩擦，发出咔嗒咔嗒的响声。

"只要一瞬，就能彻底喜欢上一个人。"

"我又没有……"

"面对曾经喜欢过的人，很容易再度坠入情网的哦。"

金属片仍在咔嗒作响，白色T恤近在眼前。事到如今，茉莉终于意识到和人已经是个成年男子了。她大胆地扬起脸，却仿佛被和人那双自上而下注视着她的双眼瞬间吸了过去，动弹不得。那双眼睛里盛满了她从未见过的认真。茉莉脑海中的某处开始思索该如何嬉笑着把话题岔开，却又为自己的想法而感到难为情。

莫非和人所说的不是小学时代的话题，对他来说是现在进行时？茉莉的身体随即逐渐发热，也不敢在内心继续嘀咕。

茉莉整个人僵在那里。然而，她头顶上方传来和人漫不经心的声音。

"不过阿丈已经有了女朋友，真是太好了。"

一抬头，就见和人笑得像只可爱的小狗，茉莉顿时感到身心俱疲。她像被和人开了一个大玩笑，感觉非常无趣。从和人身边走过时，她话中带刺：

"什么叫'真是太好了'？搞不懂你的意思。"

茉莉的心脏仍在因胡乱的妄想而剧烈跳动，后背汗津津的。她不愿被对方发现自己哪怕一瞬的紧张。

"因为茉莉同学只喜欢阿丈那样的，这让我很生气。"

茉莉吃了一惊。和人唐突地抓住茉莉的手，决意拉着她往某处走去。

“你干什么？”

茉莉被牵着走出教室，两人走进3年2班隔壁，和人松开手，咚咚地朝房间深处走去。这是一间图画工作室，房间里排放着木制桌子，充满绘图工具、清漆和木材的气味。正面放着一块白板，和人不知为何走到白板的背面。

尽管犹豫，茉莉还是跟着走了过去。那边耸立着一个能够碰到天花板的架子，上面堆满了绘画材料。画纸、彩铅、颜料、水盂、笔、黏合剂、墨、雕刻刀等摆放其上。颜料的气味直冲鼻腔，唤起令人怀念的记忆。

和人把架子上的东西掏出来，堆了一地。

“茉莉同学，你看这里。”

和人在最深处的架子前坐下。某种惊讶和与之相反的不可思议的期待之情从茉莉心头翻涌上来。

“这里。你记得吗？”

和人单手撑在架子的边上，另一只手向架子旁边一指。茉莉朝那个方向偷瞄了一眼，随即像被弹开一般抬头看向和人。和人露出恶作剧成功的孩子一般的笑容。

最深处架子的最下一层，还保留着“茉莉”两字的雕刻痕迹。

茉莉知道，这个架子通常堆满了胶合板，隶属美术部，绝对不会被人发现。

还是小学生的时候，茉莉会看准俱乐部活动结束的无人时间段，如同和人先前所做的那般，将高年级学生画版画所用的胶合板偷偷搬下来，然后在架子内侧刻上自己的名字。她总想要独占这个在学校中最喜欢的地方。

“还留着呢。”

“为什么……你怎么会知道？”

茉莉既惊讶又羞耻，最终转为困惑不已。现在轮到和人揭开自己的秘密了——他将放在架子上的手挪开，让茉莉看过去。

“我在制作毕业作品的版画时发现的。当时想过跟你确认，但我们那时不同班，也就没问。但我很高兴，好像发现了茉莉同学的秘密。所以我也刻了一个。”

“茉莉”的旁边，赫然刻着“和人”。

跟茉莉胡乱雕刻的手法不同，“和人”两个字刻得非常漂亮。而且，两个名字之间还变魔术似的画了一把相合伞[1]。

“这又是谁画的？”

---

1 相合伞：通常为一个伞形图画，伞柄两边分别写下两个人的名字，代表两个人的恋情或单相思的人对两个人恋情的憧憬。

“不是阿和君吗？”

“小时候的我，还没到有勇气画相合伞的程度。”

和人用手指轻轻描绘着相合伞，茉莉则看着他的指尖。

在只属于自己的秘密旁边，还存在着另一个秘密。

彼时从未站在一起的两人，此时正共同俯视着彼此的秘密。

茉莉轻抚“茉莉”两字。梦一般的旧时回忆浮上心头，令胸口发热。自己本不该变成现在这样的大人的，思及此，她几乎想要落泪。

“你帮我缝好了纽扣，真的让我很开心。那天就是我的初恋。我喜欢过茉莉同学哦。”

和人眯起孩子般无邪的双眼，温柔地告白。

“所以我想同茉莉同学的秘密‘坐邻座’。两年内，我一次都没坐过你的邻座，五年级的时候还分了班。但直到毕业，我都很喜欢茉莉同学。”

和人的初恋，从遥远的时间彼端传达到了茉莉的面前。那一份谁都不曾触摸、雪一般纯白无瑕的色彩，茉莉以双手将其温柔捧起，深藏心底。即便经过了漫长的时间，纯真的念想仍然温暖了茉莉的心。

“当时，茉莉同学的梦想是成为漫画家，真的非常棒。你对我来说是一种理想。”

“说什么理想……阿和君的理想未免太低了。”

“没这回事。我从没拥有过梦想，画图和家政课也全都一塌糊涂，所以对茉莉同学非常憧憬。”

“所以才会生丈瑠的气？”

“嗯，超生气的。”

“但现在你们很要好。”

“上中学之后，茉莉同学不知不觉间就不见了。我的初恋没能实现。”

“我的也没能实现。”

两人一起缩起肩膀笑了。

“啊，对了。”

突然，和人想起什么似的站起身来。他从架子上找出雕刻刀的套装，露出恶作剧的眼神朝茉莉邀约道：

“来刻吧！”

眼见和人雕刻起了相合伞，茉莉也拿起了角形的雕刻刀。

“我也来！”

两人沿着变淡的相合伞的线条开始雕琢。

“阿和君真笨啊！”

“我多少年没拿过雕刻刀了？能雕得好才奇怪吧！”

“也对！”

阳光从窗边胡乱堆积的图具间的缝隙照射进来，与飞舞的灰尘互相反射，发出如钻石星尘一般的光芒。感受着过去与现在相互融合般的、不可思议的似曾相识感，他们继续雕刻相合伞。茉莉的兴致一来，又在相合伞的周围加刻了心形，和人见状开心地笑了。

“好棒，恩恩爱爱的。”

“下一个发现这个秘密的人肯定会吃惊的。”

“肯定能变成传说——在这里刻下名字，愿望就能实现。”

“哇，好有少女漫画的感觉。”

“你喜欢这种类型的？”

“喜欢！最喜欢了！真的有这样的！”

仔细地将垃圾清除掉，茉莉又提议用手机将此见证拍摄下来。和人却委婉地制止了她。

“把这些留在这里就好。”

“难得这样做了。”

“我永远都记得。这次轮到茉莉同学好好记住这一切了。”

茉莉再度朝架子上雕刻的相合伞看了一眼，收起了手机。

“嗯，我会的。”

到死都会牢牢记住，这幸福的两个人。

两人将物品恢复原状，走出屋子，立刻被一旁楼梯下方传来的脚步声吓了一跳。和人用眼神示意茉莉向另一侧的楼梯走，两人蹑手蹑脚地朝那边转身走去。

“谁在上面？”

楼下传来巨大的喊声，茉莉不禁停下了脚步。和人连忙拉起她的手。

“茉莉同学，快跑！”

在和人的牵引下，茉莉也开始拔足飞奔。“谁？谁在那里？！”粗暴的吼声从下方向两人逼近。

“惨了，校务员居然在！”

两人朝校舍中央的楼梯跑去，突然，一名看上去像是教师的中年男子从走廊最深处的教室中探出脸来。对方或许是听到了门外的骚动。

“你们两个！在做什么？”

“茉莉同学，这边！”

和人使劲拽起了茉莉的手。教师在后面追赶着他们，校务员又从楼下上来。事后仔细想来，其实只要表明自己是学校毕业生的身份就行了；但在现如今的世道，擅入校舍绝对是件错事。

他们折回图画工作室，从室内来到阳台，再目不斜视地跑下应急楼梯。穿过一楼教室的外走廊，飞奔至出入口。两人穿好鞋子，又直冲进足球社的成员之中，慌忙逃出校园。

他们一口气冲进学校附近的儿童公园，直到攀爬架面前才停下脚步。

茉莉抓住攀爬架，陷入呼吸困难的身体渴求着氧气，不禁张大了嘴开始吸气，呼吸变得紊乱。她剧烈地上下晃动全身，像要把四分五裂的意识重新连接起来似的，攥紧了攀爬架的把手。全身的血液变得混浊，朝心脏的方向流去。凌驾于处理能力之上的心脏敲响了轰鸣的脉搏。不能倒下，不能丧失意识——茉莉近乎哀求般紧攥着栏杆，设法熬过这场暴风雨。

“啊，吓我一跳。”

跑去公园入口处观察情况的和人用有条不紊的声音说道。茉莉却无法回答，就连声音都发不出来。

“茉莉同学？你怎么了？”

和人终于察觉到茉莉的样子很不对劲。为了不让探过头看她的和人担心，茉莉勉强抬起脸，试图扯出笑容，却无法顺利做出表情。

“茉莉同学？嗯，你……没事吧？”

“……嗯……”

茉莉想起紧急情况的应对手段，正要拿出药盒的当口，却又忽然意识到：当着困惑不已的和人的面拿出药来吃，他会有何感想？那层由谎言堆积的伪装必定会被拆穿。自己并非东京的OL，而是剩余生命仅有10年的病人。因为不愿意被和人发现这件事，茉莉把伸进包中的手又缩了回来。

越想表现得正常些，越是笨手笨脚的，正当茉莉大口吸气的时候，喉咙和身体都开始痉挛。茉莉好想哭。拜托了，赶紧复原，不要恶化——她不停地向身体祈祷。痉挛很快停止，冷汗却从额头和背部缓缓渗出。光是一阵猛跑，就能让茉莉的身体秩序混乱到这种程度。

和人察觉到茉莉的异常，他伸出手来。茉莉正想避开，视野忽然一阵摇晃。

视野在一瞬间变成一片惨白，搞不好是血压忽然下降了——这种恐怖感开始奔窜。茉莉再也无力支撑自己的身体，只得畏缩在和人的怀中。

和人用双手接住了耗尽力气倒下的茉莉，但两人同时失去平衡，双双膝盖着地。气氛简直糟到不能再糟了。茉莉甚至没办法抬头看一眼和人。

最终，七零八落的意识缓慢地在茉莉体内归位。如同将散乱的零件逐一拾回那般，茉莉缓缓恢复了平静。血液的流动恢复到平稳的速度，茉莉的脸上也有了血色。她缓缓抬头睁开眼，就见和人的脸色比自己的还要糟。那一瞬间，茉莉意识到“这下完了”。始终保持笑容的和人，此刻看向她的脸跟恐怖电影中的主人公无异，写满了恐惧。

“对不起，我已经没事了。”

“没事……真的？你没问题吗？要不要去医院？”

“没事，就是好久没跑过了。让你担心了，真抱歉。”

才要起身，和人立刻将她搀扶了起来。他的动作如同对待幼儿般战战兢兢，茉莉不禁面露苦笑。

将茉莉扶到附近的长椅上坐下，和人又将她从头到脚确认了一遍。随后他说了一句“你等一下”，便以惊人的气势冲出公园。茉莉目瞪口呆地看着他的背影，还没等“是不是把他给吓跑了”这种最糟糕的设想在心里成形，和人又以惊人的气势冲回了公园。

他推来了一辆深红色的旧自行车。

和人上气不接下气地在愣住的茉莉面前站定，仔细地观察了她片刻，才略为安心地绽开笑容。

“你的脸色恢复了。”

说着，和人从自行车的车筐里取出罐装运动饮料，拉开拉环。

“你应该补充点水分。把你一个人丢在这里真对不起，你肯定很不安吧？”

和人把凉凉的饮料罐放在茉莉手中让她握好，又在她旁边坐了下来。

“谢……谢你。”

茉莉先道了谢，再将冰凉的罐子放到嘴边。流入喉咙深处的运动饮料非常好喝，仿佛渗透到了因冷汗而干涸的身体的每一个角落。血管似乎得以扩张，血流更加畅快，呼吸也越发轻松。茉莉感受到身体变轻，脱水症状也得以改善。真是一罐生命之水。

“谢谢，阿和君。我舒服多了。”

“那就好。”

茉莉的表情证实了她所说的话，这也让和人放下了心。

“我说，自行车是哪来的？”

“从学校的西门出去，不远处就有一家零食店，还记得吗？”

“……啊，态度很差的老奶奶开的那家？”

“对、对。”

那是小学生的聚集地，茉莉对此记忆犹新。

“老奶奶已经过世了，但店铺还开着。我拜托那里的婆婆借给我的。”

“借来干吗？”

“等你稍微好点，我送你回姐姐家去。这比走路要轻松吧？”

咕咚一声，有某种比喝下去的饮料更甜、更水灵的东西落入了腹中，又晕晕乎乎地、缓缓地浸入了身体深处。

充分休息过后，茉莉的脸色又恢复到了平常的红润。所以她推辞说“自行车实在太夸张了，没必要”，但和人坚决不肯让步。

（话说，人突然倒下去这种事可不常见……）

茉莉再次对自己的失态感到羞耻，勉强接受了和人的建议，坐到了自行车后座。

“抱紧我，稍微感到头晕或不舒服都要跟我说哦。”

“好，我知道了。”

茉莉将双臂缠抱在和人的腰间，就听到前方发出一声干劲十足的号令：“出发！”

自行车动了起来，一点点地调整好平衡，向前跑起来。

和人沿着公园的背阴处慢慢地骑着车。春天给道路染上了一层淡淡的粉红色，一片片碧绿的新叶在阳光的照耀下闪闪发亮。仰头望去，阳光透过层层叠叠的嫩叶之间的缝隙落在额头和面颊上，忽明忽灭。深吸一口气，能够闻到萌芽新叶馥郁的香气。

太阳的光芒如同聚光灯一样照在两人身上，如影随形。进入住宅区，生活的喧嚣声随处可闻：吸尘器的声音、孩童的叫喊声、电视里含混不清的声音。有人家开始准备午饭，飘来一阵美味的香气。趴在砖墙上打盹的猫咪打了一个大哈欠，看得人不由自主地展露笑容。

两人又从住宅区拐到了传统的商业街。

和坐汽车经过完全不同，街道的氛围如同粒子一般融于空气之中，即便双眼看不见，也能直接流入全身，接二连三地唤醒茉莉的记忆。

“那边，那家店做的土豆沙拉很好吃。”

“啊，我也很喜欢。炸肉饼也很棒。”

“包着卷心菜的那种？”

“对对！那边的铜锣烧店，你去过吗？”

“去过！爸爸偶尔会买给我，让我很开心。啊，这边的章鱼烧店关门了。”

“这家的老奶奶很久之前就过世了，然后一直没开。”

“这样啊，明明很好吃呢。”

“茉莉同学对吃的东西记得可真牢。”

和人的笑声从前方传来，不禁让茉莉有些不好意思。然而，记忆的线头只要解开一个，接下来就会全部解开，那里随处可见童年时期的自己。

“现在车站前开了家大型超市，就没人会特意跑来这里买东西了。开车走一段路，还有一家大型购物中心。”

“这样啊……感觉有点寂寞呢。”

“小时候，这条商业街看上去就像个仙境。”

茉莉对和人的话频频点头。

两人穿越了怀念的回忆时间，离开了商业街，很快就看到了桔梗家旁边的中学校舍。

就在此刻，茉莉忽然意识到了什么。

（今天就要在此告别了……？后天就要回东京了？）

如同怀念的电影忽然中断那般，眼前忽然一片漆黑。先前内心被填满的部分，如同退潮一般被寂静所包围。那种宛如站在变冷的风中，眺望盛夏海滨鳞次栉比的海之家[1]被摧毁般的心情，在茉莉心中不断扩散。

“告别”这个词的分量重得惊人，带来无比的寂寞。

就在此刻，学校的钟声嘹亮地响起。接着，市政厅那边也追赶着似的响起了类似的钟声。这是正午时刻的信号。

“那个，阿和君。”

茉莉扯了扯和人背部的衬衣。和人立刻停车转过头来。

“又不舒服了？”

“没有。你不必担心。那个，有点……”

尽管有些不知所措，茉莉还是下定决心说道：

“你饿不饿？一起吃饭吧。”

和人露出不知该如何回话似的茫然表情，在注视了茉莉片刻之后才大喊出声：“一、一起吃吧！”

1　海之家：夏季，海滨浴场为游客搭建的临时小屋，具有休息、更衣、餐饮等功能。

让茉莉在附近的神社下车之后，和人又骑车飞驰着去买了午饭。

茉莉发出的不假思索的邀约似乎让他很困惑，而茉莉也因自己的话而困惑不已。

没有常驻宫司[1]的神社，是小学生们放学后的游乐场。在他们回家之后，这里又变成参加完社团活动的中学生谈天的场所。茉莉读低年级的时候，也常在这里跳橡皮筋，捉迷藏，踢罐子。这里是孩子们的“仙境”之一。

神社内的银杏树叶片正绿，沙沙地摇摆不停。就在茉莉侧耳倾听叶片摇曳的声音、任凭风吹拂身体的时候，和人回来了。

“如果你想要吃得清淡一些，我就去便利店买点果冻什么的。”

“不，我想吃这个。”

茉莉用手指向怀念的味道，似乎很愉快地笑着说。

然而不可思议的是，无论是孩童时代感觉是“世界第一美味”的土豆沙拉，还是裹满卷心菜的炸肉饼，味道都跟记忆中的产生了落差。

“店长换人了？”

---

1 宫司：神社的最高神官。

“只是茉莉同学长大成人了而已，还知晓了很多比这些更好吃的东西。”

“是这样吗……”

“就是这样。”

“不过，像这样在外面吃东西还是很美味。”

茉莉张大嘴，咬了一口饭团。

“既然有食欲了，身体应该没问题了。”

“完全没问题了，谢谢你为我操心。”

茉莉深鞠一躬低头致谢，和人面露满足的微笑，嚼起了炸肉饼，刚炸好的食物被嚼得咔嚓作响。在交换回忆、谈论怀旧话题的过程中，食物被吃得一干二净，在和人即将说出“回去吧”的当口，茉莉急忙继续话题，似乎想要阻止他。

“话说回来，幸好刚才没被逮到。最近真的不能擅自进出小学，恐怖的事件太多了。”

“休息日校务员总是陪着棒球部活动，所以我还以为进去不会被发现。”

“你连校务员的动向都知道？”

“不是说过吗？这是我的散步路线。”

看着惊讶地笑出来的茉莉，和人换上认真的神情，自言自语般地说道：

"不要急忙逃走，好好跟对方沟通一下就好了，这样的话就不会让茉莉同学受苦。明明只是小事，我却着急又胆小，没法做出正确的判断。"

随即二人陷入沉默。茉莉不禁有些焦急，试图改变空气中沉重的沉默气氛。

茉莉看着和人的侧脸，不知他在思索着什么，仿佛能够感受到先前的事成了某种导火索，在他的内心开启了一扇与往常不同的门。

"阿和君，我真的没事，你不必在意。"

"不，嗯……"

"你看我不是吃了很多吗？虽然味道差了一些，但土豆沙拉和炸肉饼也全都吃光了，就连甜点铜锣烧也全吃了，如果那家章鱼烧还开着的话，我连那个也能吃光。"

"茉莉同学的食欲还真旺盛呢。"

"谁让我是个贪吃鬼呢！"

茉莉耸肩笑道，和人也露出了重新振作精神的神情。茉莉不想让和人闷闷不乐的，因此趁着决心尚未动摇，便冲动地开口问道：

"你有什么挂心的事吗？"

茉莉分明看出，和人周围的气氛因她的话语而产生了微妙的变化，刚恢复的轻快氛围又变得沉重。然而，这次绝不会放任和人独自消沉，茉莉紧握着他的手，以一种带着“我随时能把你拉上来”意味的眼神注视着和人。

茉莉静静等待着踌躇中的和人。

最终，和人断断续续地说出了相当私人的一番话。

“家人经常说我‘不注意看周围的人’。所以刚才我也没能发觉茉莉同学的不对劲。这就是所谓的‘举一反三’吧。”

和人粗暴地将头发乱挠一气，捂着脸痛苦地说道：

“成长的过程中，我总被人称为‘神童’。”

身为正统茶道世家的长子，和人是在周围人的莫大期待中成长起来的。其中最为珍视其才能的，是身为掌门人的父亲。

“但这一切在我10岁之前就破碎了。好像被称作‘恐慌症’吧，神童就这么消失了。”

和人露出自嘲的笑意，语带厌恶地说道。

小学二年级时，和人听从了精神科医生的劝说，远离都市，来到位于这座小镇的母亲的娘家。时至今日，和人仍旧待在这里。

“茶道也不继续了？”

茉莉小心翼翼地询问。

和人无意识地用手掌摸了摸下颚，目光投向远方。不久之后，才用追忆般的口吻说道：

“所以我才会羡慕热衷于画画的茉莉同学……我从未对茶道的练习如此投入。”

仿若将小学时期的自己带到了跟前一般，茉莉颇为不好意思。

“所以我想，或许我会对其他的事投以热情，至今为止做过很多尝试。我尝试过所有的运动，大学期间还克服了研讨会的障碍，拼命学习。虽然有能力取得一定的成果，但最后都放弃了，因为我没法像当时的茉莉同学那样，沉下心来做某件事。”

“不要以小孩子沉迷的事当作自己的行动标准啊。”

茉莉惊讶地出声反驳。和人却挺起胸膛回答道：

“我不是说过我对此很憧憬的吗？”

回想起作品没能得到好评一事，茉莉不禁将视线投向地面，从枝叶之间漏下来的阳光落在脚边，闪耀着轻盈舞动。对和人说谎的罪恶感使她胸口一紧。

“我也想找到让自己沉醉其中的事啊！”

“如果那件事就是茶道的话，就再完美不过了。”

茉莉随口这么一说，立刻感觉大事不妙。有那么一瞬，她分明看见和人露出深刻的悲哀和苦恼交织的表情。还来不及说出道歉的话，和人就快她一步地从长椅上站起身，用力伸展全身，面向天空。

他在回避？还是在生气？还是觉得我很迟钝？我被他讨厌了？一阵战栗从背脊处掠过。

实在不愿再看和人那身穿白色 T 恤的背影，茉莉不由得垂下头，鼻腔深处一阵发闷。

发觉自己竟然有点想哭，茉莉不禁大吃一惊，慌忙捏住自己的鼻尖。“明明没有发生任何让我想哭的事”——她拼命如此告诉自己。

被人温柔对待就如此得意忘形，一被人说“憧憬”就忍不住说了自以为是的话。这实在太差劲了，但还没到想哭的程度。身边的女生突然哭出来，会让和人困惑的。必须提高警惕，别再惹自己哭了。

茉莉忽然想起某件事。

反正自己都是要回东京去的，应该再也没机会跟和人这样谈心了。

又是同学会，又是重返小学，沉浸在过去的时间之中令她忘却了某些事。在现实之中，他们两个人生活在不同的城市，走着不同的人生道路。此时此刻，两人相互重叠的这段时间，如同对彼此过往的一种回答。

茉莉将紧捏鼻尖的手放下，她已经不觉得痛了。

“不好意思，让你听这些事听了这么久。”

和人转回身，带着满不在乎的模样重新坐回长椅。茉莉保持着不跟他眼神接触的姿势，边用手轻拂膝盖边说：

“嗯，谢谢你告诉我这么多。”

“是不是很难理解，又是神童，又是掌门人的。”

“听上去确实像是另一个世界的事情，不是很懂……但有些地方我还是明白的。”

或许是茉莉的回答出人意料，和人不禁探身望向她的脸。感受到和人的视线，茉莉转头一看，不承想却撞上带着满脸认真的神情看着自己的和人。茉莉慌忙地拾掇起了脑海中如同散文般散落的言语。

“……我只是一介凡人，却总是半途而废，找不到自己的位置。”

“茉莉同学不是有自己的位置吗？”

“阿和君没有吗？”

和人在茉莉的反问下闭口不语。

今天说过“再见”之后，应该再也不会见面了吧——注视着和人似乎在思索什么的侧脸，茉莉恍惚地如此想着。但还是就此不再见面比较好。如同将童年时期的回忆全部留在这里一般，今天的一切也一并留在这里，就此回家，接下去再过回和往常别无二致的生活。像是内心的一部分被置换了似的，茉莉用力抬头，透过树荫倾泻而下的阳光在脸颊上闪烁跳跃。

“啊……啊，真麻烦。”

和人像是把言语和身体全都抛弃了一样，往长椅上重重地靠去。

“那种事随便怎么样吧。”

“茉莉同学真好，肯定工作得很开心吧？这就很了不起了。真幸运啊，拥有好运的家伙一般都不会发现自己是受到上天恩惠的。”

“是啊。”

茉莉不带丝毫谎言的成分同意他的话。

他们的周身包围着带有夏日气息的风。然而，这种舒适却无法直达心底。

究竟要得到些什么，才能让因为“似乎少了些什么”而焦虑不安的情绪消失呢？明明怀抱着的焦躁感跟青春期的感觉别无二致，但与彼时到底还是不同了。到了 25 岁，任谁也不会同情你。在这早就该被称呼为大人的年龄里，原本拥有的无限可能不知不觉间变得屈指可数，人们也只能从中亲自选择自己今后的生存之道。

“真麻烦啊……”

和人不自觉地嘟囔了一句之后，又变得茫然若失。

直到最后，茉莉都没对和人说出自己的事。

接着，两天后，茉莉回到了东京。回家的路上下起了雨。越是靠近东京，车窗外林立的建筑就越是高耸，绿意徐徐消失，色彩越发单调。平常看上去更加鲜明的景色变化被雨水那么一淋，变得如同一张加多了水的水彩画般模糊。她的脸映在溅满雨水的玻璃上，而分明有某种坚固的东西从那张脸上剥落了下来。

她把“东京 OL”演活了。从濡湿的站台下车后，虚无感开始从茉莉身上迅速消退，安心感随即轻柔地将她覆盖。

再也不会见到阿和君了。不见面反而比较好。

因为我不会喜欢上任何人。

一闭上眼就会立刻浮现出回忆来。这让现在的我很不舒服。明明除了图画工作室的回忆，我什么都不想要了。

如果没跟他重逢就好了。

然而，我们已经重逢了。

十一

真的只是有一点好奇心。然而，自己却因为好奇心而窥视到了和人的苦恼，这让茉莉觉得很羞愧。

回到东京之后，茉莉给自己找了个“买布料”的借口，从网上查到了和人老家的地址，跑过去看了看。

尽管地处神田这样的市中心，此地却有一种时间流速不同的庄严感。被绿意所环绕的和风建筑宅邸十分寂静，带有一种威风凛凛的压迫感，不禁让人联想到镌刻其中的历史和居住其中的人们的高尚格调。

写着“桐庵流”的牌匾悬挂在厚重感极强的门柱上。仰望牌匾，茉莉蓦然想起和人忧郁的侧脸。茉莉在原地站了片刻，听到女人们的喧闹声后又慌忙伪装成路人。她双手攥紧刚买的布料，和一群品位高雅的妇人擦肩而过。她们用和“喧闹”完全不沾边的语调愉快地聊着天，走进身后那扇大门之中。是茶道学徒吗——茉莉停下脚步再度回首。

终有一天，和人将立于那些人之上吧？他能够镇住这么大的一个家吗？尽管对茶道的世界一无所知，但光是这座深宅大院所营造出的威严感就充分传达出了“绝非易事”的讯息。

茉莉确认了一下手机邮件。明明就有信号，邮件一收到就该留意到的，既然手机不响，就代表没有新邮件。最初断绝往来邮件的人明明就是自己，明明是自己表现出“不要再回复了”的态度，却又因没有收到回复而寂寞不已，真是自相矛盾。

回到家，茉莉做的第一件事就是拿起先前为了查找美幸的住址而一直摊开摆放着的毕业纪念册。

和人的脸，比模糊记忆之中的更加干练。他穿着或许是茉莉缝过扣子的白衬衫，配黑裤子，像个私立学校的小少爷，在一群乡下的小学生中间显得格格不入。那个黑发长到能够把耳朵盖住的少年仅凭这派模样，就营造出了“异端分子”的气质。读过毕业纪念册，茉莉才知道当时和人写的“将来的梦想”是成为宇航员。文中还详细列出了成为宇航员的计划，至于被问到为什么想做宇航员，和人则用漂亮的字体清楚地写着“我想飞上天空”。亲眼看见神童的历史，茉莉不禁像跟和人在一起时那样笑出了声。

比起初恋对象丈瑠，那个狂妄自大的小大人更加可爱。

在群马县度过的数日所留下的记忆竟然如此耀眼，宛如发病前的回忆。

夏季再度来临，茉莉 26 岁了。

时间转瞬即逝。

每年的生日，家中都会飘满桔梗亲手制作的蛋糕的味道，然而今年，那股甜甜的香味和喧闹的声音都不复存在，家中无比安静。

就在茉莉为活动而准备的原稿差不多完成的当口，家中的电话响了起来。她抬眼一看时钟，已经七点了。显示器上出现的号码，区号是群马县的，茉莉还以为是某个亲戚打过来的，因而慌忙接起电话。

“你好，这里是高林家。”

“那个，敝姓真部，请问茉莉小姐在家吗？”

口吻听上去像是某种推销，但茉莉立刻听出那是和人的声音。他明明知道茉莉的手机号却打电话到家里，根本就是犯规，让人想逃都逃不掉。

“你是……阿和君？”

“茉莉同学？”

确实是和人的声音。久违了三个月的那声“茉莉同学”，让她胸口一紧。

“你好吗？对不起，擅自打电话找你。”

“嗯。你竟然知道我家的电话。”

“之前偶然碰到了你的姐姐。然后就……不说这个！茉莉同学，生日快乐。”

他肯定是从偶然碰到的姐姐口中问出了家里的电话号码。桔梗又是那种毫无戒备心的人，只要和人自称“小学的朋友”，肯定立刻就把号码给说出来了。

在料想到茉莉不会接听手机之后，和人竟然特意问出了家里的电话号码。

因为焦急，和人的语速很快，传达出不安和不知所措。这使得茉莉的胸口因罪恶感而抽痛。

“今天是你的生日吧？啊，不是我一直记得的，是找出小学的毕业册看了看，发现写在上面的。”

“……嗯，这样啊。谢谢。”

“嗯。”

“所以阿和君是七夕出生的？写了将来想做宇航员？”

“你看了？对了，要不我现在开始训练吧。”

“阿和君好像能做到哦，好可怕。”

茉莉笑出了声，电话那头的和人也随即笑了起来。

“茉莉同学写的果然是想做漫画家呢。”

“是吗？”

“嗯。啊，你已经下班了？辛苦了。”

“啊、嗯，今天下班比较早。”

“因为是生日就不想工作了，对吧？”

“对啊。”

茉莉很顺利地让和人接受了自己的谎言。他也是不适应公司和所谓“工作”的条条框框的人。生日当天晚上七点整待在家里的 OL，难道不觉得寂寞吗？

“茉莉同学在做什么？”

“那……个，我才刚到家。”

“这样啊，接下去要和家人一起开生日派对了吧？”

“我已经过了那种年龄了，生日一点都不值得庆祝。”

“是这样吗？ 26 岁的生日可只有一回，得好好吃个生日蛋糕，再做顿好吃的。你收到礼物了吗？”

或许现在没有了，但和人肯定吃过祖母买给他的蛋糕，还吃了祖母做的美食，又收到过礼物吧。一想到那个狂妄自大的小鬼会因此而欣喜若狂，茉莉就忍不住想笑。

“朋友送了 DVD 给我。还有桔梗……姐姐送了我戒指和花。”

“欸，什么样的？”

“镶了诞生石——橄榄石——的戒指，还有茉莉花。”

“哇，真好，真是个温柔的姐姐呢。我跟她说话的时候，也感觉她人很好。”

“没错。我也在姐姐过生日时送了桔梗花给她。这好像都变成惯例了。”

“真好，你们姐妹的感情真好。”

和人的声音近在耳边，挠痒痒般的声音透着欢快，让人内心震颤。没开空调的起居室被热气笼罩，光是站着不动都挥汗如雨。茉莉在原地坐下，抱着膝盖将脸埋了下去。

“茉莉同学，过了盂兰盆节[1]以后能见见面吗？”

和人的请求令茉莉猛地抬起脸。

“我会在盂兰盆节回东京。虽然必须一直待在家里，但18日之后我们能见面吗？到那时公司差不多该复工了吧？”

“没问题！盂兰盆节我倒是有工作，这样反而方便……”

“真的？那太好了。我们再联络。”

“用邮件联络吧。我等你消息。”

---

1 “盂兰盆节”：为日本中元节，在每年阳历8月15日，在此前后日本有一周左右的公休假。

“嗯，谢谢。”

分明告诫过自己最好不要再见面的，却又轻易违背了。这份对自己的罪恶感使得痛苦在茉莉内心扩散。然而，重逢带来的喜悦和甜美却远远凌驾其上。

“谢谢你打电话来。”

“生日一年只有一回。”

“没错，谢谢。下次我会在七夕打电话给你。”

“真的？我很期待。”

一年后，无论两人变成了什么样，都一定要对他说一句“生日快乐”。如果还能把这句话说上四回就好了——茉莉如此想着。

活动当天，茉莉一边被前后左右的御宅族挤来挤去，一边满足地看着为了这一天而不知花费了多少时日才做好的衣装被展示出来。茉莉和朋友们一起纵情欢笑，拍了许多合照。

“茉莉最近的状态很好啊。”

活动和酒会全部结束之后，茉莉和沙苗一起乘上电车。

“同人志的节奏很棒，制作 Cos 服的手艺也进步了。”

“都是因为爱啊，爱！”

“茉莉也变成阿宅了！”

“哇，不许这么说！”

见茉莉直蹙眉，沙苗咯咯地笑了。

“不过无所谓了，反正很开心。”

“没错，快乐之人才是人生赢家。”

“沙苗有没有为前途烦恼，或者因为‘没有值得开心的事’而焦躁过？”

接近末班车时段的车厢内尽是筋疲力尽的上班族和玩累了的学生们，所有人都瘫软地靠在座位上，四下充满了倦怠的空气。坐在一旁的沙苗眨巴着眼睛说道：

“我当然有。”

“这样啊？”

“那还用说。我可是相当苦恼的，好像陷入低谷就出不来了。想不出 Cos 服就会很焦急，还有就是……想到‘这样下去真的好吗’的时候。”

微醺的沙苗发出一声妩媚的叹息。她完全不顾自己穿着迷你短裙，大剌剌地跷起二郎腿，一边晃悠卡在脚尖上的凉鞋，一边继续说道：

“我不都 26 岁了吗？周围的人全都结婚生子了，我能因为现在很快乐，就一直这样下去吗？”

“你是想要那些实际的东西，对吗？”

面对茉莉的问题，沙苗回了她一个眼神。茉莉用不太严肃的语调说：

“结婚，工作……”

“对啊，明明打算从父母身边独立出去的，但还是不清楚自己目前正处在一个什么位置。虽然很开心，但孤身一人的时候总会觉得有些不安。茉莉呢？”

“我每天都会的。”

茉莉笑着说道，沙苗明白她话中的意思，微微一笑。

望着彼此映在车窗上的脸，沙苗将头倚在了茉莉肩上。

“如果有交往对象的话，或许会觉得结婚比较轻松。至少一结婚就能从这种烦恼中解放出来。但到最后，想要轻松而结婚这种事一旦变成现实，还是会痛苦得想要逃离吧？我想，还是自由自在的现在比较好吧。”

“真矛盾啊。”

“是矛盾，就算只是假设，还是很矛盾。”

沙苗将视线落到做了美甲的脚指甲上，轻声说道。尽管没有证据，茉莉却总觉得她的说法有些奇怪。

“难道你有交往对象了？那些话真是假设？”

在茉莉的追问下，沙苗那张没被晒黑的脸一下子就红了。

电车进站，下车的两人继续在站台的长椅上坐下。深夜的站台空无一人，和风拂过，仿佛能给白天热到要烧起来的混凝土地面带来平静。白天的喧嚣早已远去，四下满是寂静。

“不是我喜欢他，但对方说喜欢我，让我很苦恼。他人很好，精通电脑，我们很谈得来，一起去吃饭也不会觉得累。”

“就是这点很重要。”

“你是不是觉得我们交往一下比较好？”

沙苗把带卷的头发拨到耳后，看向茉莉。此刻的沙苗害羞地说着话，露出不安的表情，像个小孩子，和白天那个身着 Cos 服、洋溢着自信、露出灿烂笑容的她，看上去既相似又不似。

“喜欢上待在一起就很开心的人，这种事情真的存在。我觉得你可以试着交往看看。”

“和人交往的同时还能画原稿吗？”

沙苗流露出依赖般询问的模样，让茉莉笑出了声。

“这是爱啊！只要有对 Crobo 的爱，就一定能办到！”

“真的吗？”

“真的！不迈出第一步的话就什么都弄不清，如果你忙不过来，我会帮忙的！”

“茉莉！你太好了！”

“沙苗是我的师父嘛。”

沙苗带着一种得以解脱的表情把茉莉紧紧抱住。夜风从两人的脚边穿过，略微带着凉意，让人提前感受到了秋天的气息。

“沙苗。”

“嗯？”

“加油哦。”

茉莉轻拍沙苗穿着吊带衫的后背，喃喃自语般地说道。

两人一起站起身，像小孩子一样手牵手。希望温柔的沙苗，恋情一切顺利。茉莉用凉鞋底部踩碎羡慕的情绪，紧紧地握住了沙苗的手。

就在眼下的一瞬间，祈祷所有的愿望都能实现。

一切都要由自己选择，自己走下去，尽管经历了很多很多的痛苦，还从那些伤痛中明白了一些事，但内心就是怎么都愉快不起来。得到一切的人又能看到些什么？

我到底想要什么？

啊，是时间吧。明明是最不想要的东西，浮现出来的却是这个选项。同时浮现的，还有那个人的笑容。

不要对生命有所执着。

若对“死亡”感到恐惧，我就再也笑不出来了。

十二

盂兰盆节过后，街道恢复了平常的状态，茉莉与和人在东京重逢。

和人身穿白色 T 恤，头戴天蓝色网眼帽，他将头发剪得很短，下颚线分明。即便在车站熙熙攘攘的人群之中，又改变了发型，茉莉还是一眼就找到了和人。他仍旧保持着看似一克多余脂肪都没有的细长身形，但晒得很黑，看上去十分健硕。

“好久不见，茉莉同学。”

和人露出两排雪白整齐的牙。他的酒窝都那么让人怀念。

茉莉穿着新买的连衣裙和凉拖，从上到下都是仿照杂志模特的穿着买的。

“好热啊！”

“找个阴凉的地方吧。”

“先喝点什么，然后观光东京吧？”

“说什么观光，阿和君不是东京人吗？”

“这么说，什么浅草、东京晴空塔、新宿御苑这些地方，茉莉同学都去过好多次了？”

“那倒没有……”

“那就去吧。”

和人满足地笑了。

尽管盂兰盆节已过，暑假期间的街道却异常拥挤，两人躲避着路人，时而挨在一起，时而分开走。

“你什么时候从群马过来的？”

“嗯，大概有 10 天了。”

“一直待在家里？”

“嗯，家里举办了大型茶会，我在幕后帮忙。只是干点杂活儿，挺无聊的。反正我什么都做不了，真是没办法啊。”

那座充满厚重感的宅邸浮现于脑海。身体不会又因压力而不舒服了吧？在亲眼见过那座宅邸之后才会过度思考，果然还是不该去看的——后悔的感觉让茉莉的心一沉。

吃过荞麦面后，两人朝浅草走去，像修学旅行的学生一样浏览土特产商店，在浅草寺沐浴香火。随即又登上东京塔，从上方一起俯望变成袖珍型的街道，再一起眺望和视线等高的天空。相比在群马县仰望的天空，此刻更为湛蓝的盛夏青空不见一丝阴霾。这片蓝天不带丝毫迷惘感，也让茉莉的内心一点点地晴朗起来。然而更加治愈内心的，却是和人脸上绽放的、比天空更加明净的笑容。

和人用欢快的声调说着趣事，逗得茉莉哈哈大笑。喜欢上待在一起就很开心的人，这种事情真的存在——曾对沙苗说过的话在耳边响起。

只要跟和人在一起，不知不觉间内心就会被他占满。茉莉满眼都是他，甚至忘了自己的存在，她赶紧竭尽全力将那个忽然消失的自己紧紧拉住。

两人悠闲地漫步于新宿御苑，看见一个在树荫下写生的男孩。他带着画板、黄色的水盂和蓝色的图具包，专心致志地描绘着清澈的绿意，面颊上大滴的汗珠闪闪发光。

“画得真好，是暑假作业？”

和人蹲下去，语气轻快地问道。男孩面露惊讶的表情，但在看到和人柔和的笑容之后，还是坦率地点了点头。

“你真努力。”

“谢谢。”

“水壶里的水，要多喝一些哦。”

或许是母亲也叮嘱过同样的事，少年想起什么似的拿起搁在一旁的水壶，又道了一声“谢谢”。

“真怀念啊，写生。”

“我们过去也常画，好像去过动物园……”

“去过！我画了长颈鹿。”

“茉莉同学画得很好，作品总被贴在走廊里。”

“我一直是美术部的成员嘛。”

“没错！你果然还在画！”

两人漫步于绿意中，和人用欢快的声音高兴地说道。

“其实我在画漫画，但拿去出版社却被拒稿，说我的漫画没法成为商品。”

“是吗？”

“嗯，被拒绝得很干脆呢。之前丈瑠提到漫画的事，我想都没想就说谎了，其实还是尝试过的。”

“不是很厉害吗？”

和人停下脚步，走在草坪上的茉莉也跟着停下来。

“但还是不行。”

“已经放弃了？”

被和人的眼神捕捉到的茉莉欲言又止。

“不要放弃！都已经做到这个份儿上了，就不能轻易放弃。不能放弃自己喜欢做的事！”

和人神情严肃，断然说道。

“……谢谢。”

无论怎么做就是会被他吸引。

凉拖不跟脚，茉莉走得很吃力，以免自己陷进不该陷进去的地方。

夕阳西下，到了适合走在街上的时间，两人离开御苑重返街道，找了家漂亮的咖啡厅歇脚，和人又像想起什么似的问道：

“啊，茉莉同学明天有空吗？”

“明天？这也太急了。阿和君总是这么急。”

“抱歉，我没照着日历生活，就……”

“没关系。什么事？”

“明天要不要去海边？”

和人把手肘撑在小小的咖啡桌上，脸上闪着光。

“我要去冲浪。有个从高中时期就玩冲浪的朋友住在镰仓，茉莉同学一起去，怎么样？”

“我完全不会冲浪！”

“怎么可能让你冲浪？就在海边玩玩而已。大家都是好人，都能成为朋友的。”

和人抬高了声音。茉莉搅拌着蜜桃汽水中的冰块。

“我没有泳装……”

“真的假的？！那现在就去买！我来帮你挑！”

“不要！”

“茉莉同学，我肯定给你选套很可爱的。”

和人堪称必杀技的治愈笑容，茉莉完全招架不住。

“不行吗？”

别带着这种表情问我啊，笨蛋！茉莉将剩余的蜜桃汽水一饮而尽，除了点头根本做不了其他任何动作。

商场的泳装专卖区比别的区域都要热闹。和人兴冲冲地到处看来看去，如同对玩具专卖区着迷的小孩子。若是一个不留神与和人走散，反倒会让他难办，茉莉只得紧紧跟着。

“这件好不好？”

“不好。”

“那这件呢？”

和人挑选的泳装尽是在设计上充满魅力的款式，茉莉不穿这种类型，从一开始就不停拒绝，所以总也决定不下来。

“这套怎么样？很可爱哦。”

这是一套清新的水蓝色比基尼。茉莉很喜欢这个颜色，白色的绑带也显得十分可爱。看到茉莉伸出手去拿那套泳装，和人立刻满脸灿烂。然而下一刻，茉莉却像被弹开一般把手缩了回来。

茉莉将和人留在原地，一溜烟地离开了泳装专卖区。眼见茉莉忽然转身离去，和人慌忙追赶上去。

“茉莉同学，你怎么了？茉莉同学！”

如同躲避和人的声音一般，茉莉一路小跑着冲到自动扶梯前，拨开人群跑了下去。她一口气穿过一楼的化妆品专卖区，才冲出商场大门就被和人抓到。

与其说是惊讶，不如说和人满脸焦急地俯视着茉莉，似乎在拼命思索自己是不是又哪里做错了。而茉莉正在惊慌失措地思索该如何脱身。

“对、对不起……”

“没关系。你怎么了？是不是我……”

“不，不是阿和君的错。刚想到有件急事，必须回去了。”

“咦……啊，那明天……”

“对不起，明天去不了了。我把急事忘了，抱歉。”

茉莉看着和人露出明显的沮丧的神色，试图搜刮些安慰的话语，但她自顾不暇，一句话都想不出来。

为了抑制自己的狼狈，茉莉咬紧唇瓣。她硬生生地将争先恐后涌上来的泪水吞了回去，内心掠过一阵如被锐利物刺伤般的剧痛。

“我送你回去。”

“不用了……”

“不，必须送。”

和人不曾松开抓着茉莉的手，就这样直接牵着她离开了商场。在一言不发的尴尬氛围中，和人买了车票，两人搭上同一班电车。茉莉在座位一端坐下，和人则站在车门前。

茉莉小心翼翼地扬起视线，就见和人正抱着双臂，眺望着车窗外飞速掠过的灯光。在他那副表情僵硬的脸上，看不到平常的柔和。啪的一声，有滚热的水滴落在了连衣裙上，茉莉慌忙用手指擦拭。

两人下了电车，走出检票口，茉莉用手指了一下方位，回应和人“是哪边”的询问。和人便率先迈步，茉莉有气无力地跟在后面。

车站前的小型商业街已经恢复寂静。走入母亲常去的时装店旁边的小路，接下去的路仅有时明时灭的街灯作为光源。茉莉一抬起头就能看到和人的背部，这条始终独自往返的路上，现在有了和人，真是不可思议又特别的景色。

“不必继续送了，马上就到。”

“没事，我送你到家门口。”

“路线很复杂，你会找不到回去的路的。”

“如果真找不到，茉莉同学会送我回车站吗？”

和人转头时，僵硬的表情已逐渐消失，他眯起眼说道：

“没事，我又不是路痴……谢谢。”

那种天真无邪的温柔，现在听来却让人备感残酷。

走到家门口的门牌处，和人抬头注视着被微光照亮的房子。

“茉莉同学的房间是哪个？”

“又说这种跟踪狂一样的话。”

“啊，抱歉。”

“二楼带阳台的那个房间。”

茉莉用手一指，和人立刻抬头望去。

“茉莉同学一直住在这里吗？”

“什么？”

“离开群马之后就住在这里了吧？一直走着刚才那条路，回到这里。”

“阿和君真的越来越像跟踪狂了！”

茉莉不由得笑了出来，和人则露出“糟糕”的表情。

“阿和君可真纯真啊，说话方式还像个初中生。”

“只是不懂事吧。话说，我平常不是这个样子，不会询问房间什么的。我到底在搞什么啊！”

“因为我们从小认识，就让你回到小时候了？”

看着咻咻笑个不停的茉莉，和人苦笑着耸了耸肩。

要是能道声“拜拜”之后回家，第二天还能在学校见面的话该有多好。茉莉痛恨着26岁的自己。还是约定下次见面的时间比较好？而双方谁都没把这句话说出口。

“祝你明天玩得开心。”

“嗯，有机会的话下次一起去。”

“在这之前，夏天就要过去了。”

“到秋天为止，我会一直冲浪的。到了冬天还要滑雪。”

户外运动型的人可真麻烦，净把难题甩给别人——茉莉不禁苦笑。

“今天谢谢你，我很开心。”

“我也是，第一次见识到了东京的好地方。”

“你不打算住在这里吗？”

“你希望我住在这里吗？”

和人带着恶作剧般的目光笑道。

“今天回自己家去吗？”

“不，去朋友家住。”

“这样没问题吗？”

“别问这个，跟我老妈问的一样。”

和人搔了搔头。

“被人问‘没问题吗’，比被骂一顿还让我难受。”

“……这样啊，对不起。”

“不、不。只不过这样会让我觉得自己果然靠不住。”

“我没有这个意思……”

“嗯，我明白的。”

和人那种淡淡的笑容看上去好眼熟——分明就和住院时期险些大喊“我怎么可能没事”的自己相互重叠。想要呐喊，却不曾对任何人喊出声，因此只能始终保持这种笑意度日。她忽然有种想要拥抱和人的冲动。

“……下次什么时候能见面？”

“是啊，什么时候呢？”

“你还会去群马的姐姐那边吧？还是没办法经常过来？”

和人忽然想起什么似的问道，茉莉回以有气无力的笑容。

“下次再回去吧。阿丈也很想再跟茉莉同学见面的。”

“嗯。”

“回见。”

“今天谢谢你。我等你的邮件。”

当意识到自己正用恋恋不舍的语气对正要转身的和人说话时，茉莉不由僵住了。和人看了看茉莉，不禁嘴角上扬。

“你这么说，会让我想追你的。”

“啊……”

“谢谢你今天陪我。再会。”

泰然自若地说完，和人旋即转身，沿着昏暗的道路小跑着往回走。茉莉呆呆地凝望着他的背影，

茉莉回到家中，母亲迎上来说了声“你回来了”，告知她洗澡水正热着。随即茉莉直接走进了浴室。

她在更衣间将衣服全部脱去。连衣裙是为了今天而新买的，铜氨纤维的里衬质地柔软舒适。拉开拉链，裙子立刻滑落到脚边。茉莉和镜子中只穿着内衣的自己四目相对。

镜子中的那具身体，从胸部中间直到腹部，再从左边腋下直到后背，两道像被日本刀砍过般的伤痕赫然在目。脱下内衣，不着寸缕，暴露出来的是一具丑陋的身体。

自己竟得意忘形到朝比基尼伸手，好丢人——茉莉被自虐的心情折磨着。

第一次手术后，茉莉身上就多了那么大的一道伤疤。比起病情没有丝毫的好转，这更让茉莉备受打击。当第二次手术被提上日程的时候，茉莉顽固拒绝的态度让身边的人感到为难。想到那具过去曾被人爱过的身体要被切开，她简直无法忍受。

最终将茉莉安抚下来的，是一位老练的护士。“你的病情可

能会好转，伤疤又算什么？”护士对彼时才过21岁的茉莉说，“比起留下伤疤，把病治好才是大事。”

最终，茉莉下定决心做手术。以结果来看，手术没给病魔造成丝毫的伤害，反倒给身体平添了一大道伤痕。

再也不能穿大开领式的衣服和比基尼了。再如何注重身材，也无法让一度丧失自信的身体恢复女性的娇嫩。

茉莉快速冲进浴室，打开淋浴的旋钮。在从头顶上方倾斜而下的热水之中，茉莉压抑着声音哭了出来。

快乐的一天终结，为什么我却哭了呢？

分明说过“快乐之人才是人生赢家”，但跟阿和君度过快乐的时光后必定会痛苦。有多少快乐，就有多少痛苦。

虽然很痛苦，但还是想见他。

恋爱与感情这种东西，明明是第一个就该被抹杀的。

千万不要让我产生“我不想死”的想法。

十三

“咦？这份原稿……茉莉，你开始画原创了？”

茉莉在矮桌前准备着茶水的当口，沙苗发现了放在电脑桌上的原稿。

“哇！不许看！”

“有什么关系？让我看看！”

“不行！完成以后再看！”

“哟，真有干劲。”

抱着沙苗还回来的原稿，茉莉似乎在说“还行吧”似的点了点头。

不能放弃自己喜欢做的事——和人这番孩子气十足的话语，

却让茉莉重新画起了原创漫画。这次她打算不借助月野的力量，直接投稿一般性的公开招募，寄给小时候她和美幸都喜爱的漫画杂志所属的出版社。

那天之后，她跟和人在东京又见了几次。直到处暑时节，和人还是十分流连于冲浪，两人甚至一起去了湘南。

之后，和人再也没有邀请茉莉一起去海边。如同在同学会上被和人看穿她不善饮酒的事实一样，“拒绝大海”的信息大概也无声地传达给了他。但就像想让茉莉见见朋友似的，和人带她去了常去的冲浪店，跟一群脸庞晒得黝黑的大哥大姐们一起出去吃吃喝喝。

自从礼子过世，茉莉就变得不喜爱夏季；但因为和人认识了许多人，让这个夏天变得意义非凡。漫长的处暑结束，短暂的秋季到来了。

跟月野她们一起去秋叶原买东西的那天，几人打算去御茶水的咖啡馆，悠闲地走在街上。走到车站前，茉莉的目光猛地被一张海报所吸引。

“桐庵流”几个字让她吃了一惊。那是和人家。

“茉莉，怎么了？”

在信号灯转绿的时候率先迈步的沙苗喊道。茉莉慌忙用手机拍下海报上的电话号码，追上了沙苗等人。

回家的电车上，茉莉听沙苗讲了一路甜腻腻的恋情，两人在站台分开后，才打开手机。虽说是匆忙间拍下的，但手机的性能很好，就连海报上细小的文字都拍得一清二楚。那是体验入门茶会的通告。

如同偷窥和人的隐私一般，一股厌恶的情绪油然而生。然而，在下一次跟和人通电话的时候，茉莉若无其事地打听了他是否有回本家的计划。在得到和人“目前没这个打算”的回复后，她才申请预约了第二天的体验茶会。

这样做必定还会体验同样的后悔。相比跑去看和人家的宅邸，脖子上的绳索无疑更勒紧了几分。但这也无所谓，不，若这样做能够成为让他振作起来的契机就好了。

站在位于神田的宅邸前，看着威风堂堂的大门和“桐庵流”的牌匾，茉莉屏住了呼吸。

茉莉抱着奔赴战场的士兵般的心情进入宅邸，被人带到了位于两栋楼前端的茶室。一栋楼是古趣盎然的西式建筑，另一栋是茅草屋顶的和室，二者都是具备历史感的建筑。身处绿荫环绕的宅邸之中，时间的流逝都与外界在感受上有所不同，有种从很久以前穿越时空而来的错觉，或者说，大概唯有此地的时间始终处于停止状态吧。看得出，庭院是经人精心打理过的。站在庭院的垫脚石上，茉莉静静地闭上眼睛深呼吸。满是青苔的泥土的潮湿气味，挂着朝露的鲜花盛开的气味，引发人乡愁的树木的气味。阳光透过树荫的沙沙声，风的流动轨迹，凉爽的空气。总觉得一睁开眼，就能看见一个身穿白色 T 恤的少年从旁边跑过去。这是一片将过去和现在连接起来的土地。而这座庭院，经过了数年也未曾改变，仍存在于此地，未来大概也将存续下去吧。

正因如此，这座宅邸显得更具格调。

真的好棒——茉莉发自内心地感动起来。她切身感受到了这个家和历史产生联系的重量。

为了今天的场合，茉莉特意穿上了和服。这是一件振袖和服[1]，从杜鹃花色渐变为淡桃色的布料上点缀着小花，线条十分流畅。虽然母亲很擅长帮人穿和服，但还是因为做发型和化妆，搞得家中从大清早起就一片大乱。

虽然茉莉提交参加活动的申请时，受理方曾说过“请尽可能穿和服前来”，但实在不该老实照做的。活动还没开始，茉莉就感觉到了疲惫。

她突然提出想穿和服的请求，着实令父母大吃一惊，不知发

1　振袖和服：日本未婚女子在重要场合中穿着的正式服饰，已婚女子穿的和服称作“留袖”。

生了什么事。然而在看到茉莉穿戴完毕的模样时，二人还是眯起眼睛欢喜不已。

成人仪式[1]的那天，茉莉正因病情恶化躺在CCU[2]里。

当时，立在窗边、看着雪花飘落的父亲在想些什么呢？而为女儿挑选了鲜花图案和服的母亲，又是抱着什么样的心情，看着浑身插满插管的女儿的呢？

就在茉莉重新鼓足干劲，告诉自己必须坚持到最后的时候……

“您是来参加茶会体验的吗？”

茉莉背后突然传来说话声，她慌忙转身。

娇艳的山茶花后方，一名中年女性探出脸来。身着高雅的紫色和服的女士走到茉莉跟前，边说“你好”，边低头致意。茉莉也慌忙低下头去。

“我带您去茶室。”

这位女士的着装和举止十分得体。和每走一步都显得笨拙的茉莉不同，对方就连走路都显得从容高雅。

“请问……”

---

1 日本法定成人年龄原为20岁，每年1月日本各地都会举办成人仪式。2022年4月1日起，日本法定成人年龄下调至18岁。

2 CCU：即心内科重症监护室。

“您说。”

“我真的只是个初学者，没关系吗？”

“是，没关系的。来宾都是初学者。您能穿着和服前来，我很开心。近来的年轻小姐们很少有如此穿着打扮的……”

“欸，难道不该穿和服来？”

茉莉大吃一惊，赶忙反问道。女士停下脚步，莞尔一笑。看着对方露出酒窝的微笑，茉莉不由睁大了眼，内心直呼“不会吧”——和人的面庞一闪而过。

“不，这样穿非常好，衬得您既娇艳又美丽。我都被您带出干劲了。”

“请问……莫非您就是……老师？”

“我叫紫。今天还请多多关照。”

面对举止温和地低头行礼的女性，茉莉带着歉意垂下头去。

她是和人的母亲。面对美丽又温和的女士，茉莉不禁缩了缩身子。

茉莉被带到一栋独栋瓦片屋顶的和式建筑里。走过普通的玄关，又来到一间宽如宴会厅的和室。

“今日请尽情享受茶的滋味。”

和人的母亲（已完全确信）以柔和的声音说道。宽敞的室内已落座了数十名学生，因为不清楚跟家主之妻一同现身的茉莉是什么身份，便一齐向她行了注目礼。

在场的全是女性，从中年人到高中生，大约有 20 人。看到面前的中年女性穿着高雅的会客用正式和服，自己一身华丽的振袖和服果然还是显得太轻浮了，这让茉莉感到有些羞耻。一开始就受挫的茉莉尽可能地不让他人看出自己的轻率，选了个最靠近入口的位置，缩成一小团坐了下去。

没过多久便到了正式开始的时间。弟子们不慌不忙地将檐廊的拉门一齐拉开，参会者不由得发出了赞叹声。

被装点得如同秋景图般的庭院展现在众人眼前。美丽的枫叶翩翩起舞，茉莉的心立刻被美景虏获了。

茶会徐徐推进。所有人都对茶道感兴趣，全都安静地聆听茶道师傅的讲解。坐在对面的女高中生做了自我介绍，表明自己是茶道社的成员，她虽然年轻，长时间正襟危坐仍旧面不改色。如果难受，就不必坐得那么端正——虽然紫女士这样说过，但所有人都保持着正坐姿态，茉莉也不能乱了姿态。

不习惯的正坐就让茉莉拼尽了全力，至于“挂轴怎么样”“道具怎么样”之类的事情，她全都听得心不在焉。众人所说的尽是一些陌生的名称，让人难以记忆；至于悬挂在壁龛内的挂轴究竟好在哪里，对于连上面书写的文字都判读不出来的茉莉而言，画的好坏根本无所谓。

制茶做法讲解完毕，众人又被带往内侧的房间，似乎要开始品茶了。最初令人感动不已的秋景，也因穿不惯的和服和坐到发麻的双腿而无暇顾及。

众人被带进一间四叠半[1]的小型和室。如同先前所授，众人先欣赏挂轴，再按照顺序落座。她们的面前有一座香炉，这里似乎就是茶室。分发了怀纸[2]之后，紫女士在香炉一旁落座。进入室内的弟子将果子器[3]放在坐在最前端的女士的面前。

器皿中按照人数盛着小巧精致的红色和式馒头。筋疲力尽的茉莉叹了口气。

随着紫女士开始手上的动作，安静的氛围也随之一变，被她散发出的凛然的寂静感所吸引。所有人的视线都被紫女士的动作牢牢吸引，时间感、空间感仿佛已渐渐远去。没有一丝多余的动作中，蕴含着“不必要之物皆不存在”的终极世界观。数千年来坚定不移地传承延续下来的东西，在紫女士的体内生生不息。

（真的很像……时间的魔法。）

---

1 四叠半：四叠半的榻榻米为7.29㎡，为日本传统和室中茶室的规格。

2 怀纸：折叠起来放在和服内侧的和纸，可用于擦拭茶碗、写诗歌以及包点心，等等。

3 果子器：茶道道具之一，用来盛放配茶的和点心。

紫女士的指尖充满不可思议的力量，宛如孩童时代看过的动画中的魔法师。

紫女士的手就是魔法师的手。只要被她的手触碰到的东西，即使是普通的茶具，也能散发出生机勃勃的光辉。壁龛内悬挂的挂轴轻声细语地说着欢迎的话语，装饰于室内的秋季野花快活地微笑。翡翠色的茶具看上去都干劲十足，仿佛在说“我会让茶变得更好喝哦”。紫女士的待客之心在茶室的空间内蔓延开来。

（好温柔，真是一位温柔的母亲……）

紫女士的温暖一直传递到了茉莉身边，让她感觉既开心又难过。

遵照紫女士的说明，茶会继续进行。色泽浓郁的抹茶味道醇厚，将治愈沁入心脾，一直带入身体最深处。

收拾完茶道道具，全员一齐行礼之后，茶会宣告结束。

参会者们都一脸满足，在宣布解散之后仍是舍不得站起来。决定立刻入门的人或在报名，或在听弟子们交谈。还有人在庭院漫游，或是观赏茶道道具。

茉莉倚靠着檐廊的柱子，眺望悠悠飘落的红叶。疲劳感已经到达了顶峰，却怎么也找不到离开这座宅邸的时机。

好想早点回去，好想快点脱下和服——茉莉的脑海中萦绕的只有这个念头。她大口吸气，清爽的空气进入灼热的身体，感觉很舒适。

和人就是在这里出生的啊——这样的念想让她来到了这里。他在这个地方成长，为这个地方所迷惘，又对这个地方充满惧怕。先前点茶的情景在眼前重现，她似乎有点理解和人想要逃离此地的心情了。话虽如此，对于生下来就是家中次女的茉莉而言，“继承”的责任和义务的沉重感是她无法想象的。

“高林小姐，您感觉怎么样？”

紫女士忽然过来打招呼，茉莉慌忙调整姿势。在此瞬间，感觉视野忽然摇晃了一下。勉强保持姿态的同时，茉莉还露出讨好的笑意。过度的压力和紧张都会给身体造成相当重的负担，请务必注意——医生叮嘱的话在脑海中响起。

“我非常开心。完全是初次体验，抹茶也非常好喝。”

“是吗，那太好了。”

“非常感谢您的款待。”

就在茉莉想着“总算可以回去了”而松了口气，并低头致意的刹那，耳边忽然响起脉搏怦怦的猛烈叩击声。

下一瞬间，套着足袋[1]的脚不受控制地摇个不休。尽管她勉

1 足袋：穿和服时配套的分趾布袜。

力站稳，脚跟脚却纠缠在一起。最终，是紫女士的手支撑起茉莉摇摇晃晃的身体。鸡皮疙瘩起得满身都是，不尽早离开的话，恐怕会更加失态。她的额间冷汗涔涔。

“你没事吧，高林小姐？”

“我不要紧，很抱歉。”

“你脸色很难看，稍微坐一会儿吧。”

“不用了，真的没事。”

“是不是因为长时间正坐而累到了？不行，你得稍微休息一下。”

“但……”

紫女士扶着不情不愿的茉莉，小心避开周围人的注意，将她带进了先前那间茶室。

“你稍微躺一下。我帮你准备被褥。”

紫女士麻利地摆放好坐垫，抱着茉莉的肩膀让她坐下，随即轻轻走出房间，没过多久再度折返，为已经老老实实躺平的茉莉盖上了毛巾被。此刻的茉莉早已无力抵抗，意识也变得涣散。

太感谢您了——茉莉道了声谢。随后她恍惚记得，紫女士用熟练的动作替她松开了和服，之后的记忆就变得模糊，意识随即中断。

再度睁眼，太阳几乎已经下山了。四周一片昏暗，茉莉一时想不起来自己身处何地。

她迷迷糊糊地摸索着，拉开了拉门。

（拉门？怎么会有拉门？）

一股凉风吹入房间，思绪顿时清晰起来，同时也带给她一阵从身后遭到殴打般的强烈冲击。

简直太没出息了，就跟跑来侦察结果中途弃权一样。不听指挥的身体实在太讨厌了，茉莉几乎因这个不争气的自己而落下泪来。

“你醒了？”

对面传来问话声，走廊间随即亮起了橘色的灯光。茉莉完全不知该摆出什么样的表情，只能咬着嘴唇朝灯亮的方向点点头。

从茶室移步到宽敞的和室，紫女士又泡好了热茶。

本想尽可能地不惹人注意，结果却搞成现在这种面对面的局面，茉莉更加想哭了。

“请不必在意，你只是太疲劳了。”

“是……”

“正是忙于工作的年龄呢。”

那张与和人十分相似的脸上露出笑意。当被她问到“你没事吧？”时，她的儿子想必会无法忍受自己的不堪吧。在知晓紫女士的温和之后，和人自我厌恶的情绪也就不难想象了。

“我没有工作。”

这句话不知为何脱口而出。

“出于身体原因，没办法工作。”

“哦，原来如此。真可怜……”

“我看上去果然很可怜吧？”

看着茉莉露出微笑，紫女士不禁吃了一惊，尴尬地垂下视线。

“没事的，我常被人这样说……年纪轻轻的却生着病，但我也很焦虑。既不能挺胸抬头地说自己没工作，和周围人一比较又会很消沉。所以才会焦虑……”

茉莉的声音在宽敞的室内响起，片刻过后，紫女士重新泡了茶，放到茉莉面前后喃喃自语般地说道：

“和别人不一样，很辛苦吧。”

话语中有和人的存在。紫女士脸上的神情，从招待客人转变为母亲一般，这一细节没能逃过茉莉的眼睛。因此茉莉开口了。那些无法对和人或其他任何人言说的话语，自然而然地全都涌了上来。

“从前我不觉得‘与众不同’是多么可怕的事。10多岁的时候，我们都曾有过迷惘，但迷惘的方式是一样的……现在却因为太过自由，完全没有条条框框的束缚而感到害怕……但以我这样的身体，更不知道该去哪里寻找归宿……所以我很焦虑。和周围人相比，我实在太与众不同，真的很可怕。”

“……没错。曾几何时，我也是能够理解这种不安的心情的，但不知不觉间，我变得只能够从条条框框里向外看了……”

紫女士将纤细的双手交叠着放在膝盖上，轻轻一叹。

“高林小姐今年 26 岁？”

“对。”

“跟我儿子同龄。”

看着对方露出酒窝的笑容，茉莉也以笑容回应。

“若能顺利以下任家主的模式教育成长，今天这种场合应该会很适合那孩子。但那孩子现在不在这里，都 26 岁了，还是无法在众人面前露脸。”

“是因为茶道技艺还不成熟吗？”

“没错……无论技艺还是精神准备，全都不行。”

“非得要令郎继承家业不可吗？”

紫女士被茉莉质问得有些不知所措，只能柔弱地笑了笑。先前分明是一位伟大的魔法师，此刻坐在茉莉面前的紫女士，似乎整个缩小了一圈。

“弟子之中当然也有前途无量的人。只不过，若将此事告知那孩子，他或许再也不会回到这里来了……那孩子也是很拼命的。

他一直为了战胜身为家主必须承受的压力而努力；作为父母，我们也很希望能够认同他……我们做得也很不对。小时候明明就是个比旁人都要优秀的孩子，周围的人一开始都把莫大的期待强加在他身上；然后某天，那个孩子忽然垮掉，谁都不肯再承认他了……面对自己受伤的儿子，我却除了'要加油啊'什么都说不出，还真是一个不称职的母亲。"

和人的母亲面露自嘲的笑意，显得很可怜。若让和人目睹母亲这般神色，他肯定会再度垮掉。

（如果和人垮掉，我……我若能做点什么就好了……）

茉莉将放在膝盖上的手攥紧。她明白自己爱莫能助。而紫女士完全不知晓茉莉内心的踌躇，继续说道：

"那孩子年满 20 岁的时候，曾说过有了想要结婚的对象。说是为了喜欢的人他一定会努力，做到大学跟茶道练习两不误……为此那孩子表现出了从未有过的认真。当时我真觉得他能够重新来过，但后来他被甩了，对方表示无法跟将来要做世家家主的人结婚，让他大受打击。他就连摸一下茶道道具都做不到了……家主也对因为这点事就被击垮的儿子感到厌烦。"

拉门外，传来红叶迎风摇曳的沙沙声。茉莉一时无法理解映在自己视野中的景象究竟是什么，面露迷惘。一股战栗直接从心脏正中贯穿。

茉莉心神不定地想要起身，却无法立刻站起来，至于之后究竟说了些什么才从那里得以脱身的，也完全没有印象。

眼前似乎突然一片黑暗。再度回过神来，茉莉已经躺在自己昏暗房间的床上了。自己到底是怎么回的家，怎么在不让父母注意到自己的不安的情况下脱去了和服，又是如何泡好澡的……这一切都从记忆中遗落。

今天的一切都变得模糊不清。然而，那个温柔的声音却让茉莉的脑袋嗡嗡作响、疼痛不已。

茉莉在被窝中缩成一小团，心脏中央的那股战栗更深地刺痛着她。哪怕将脸埋入枕头，抑制着哭出声来，也无法让那个声音从耳边消失。

和人肯定谈过很多次恋爱。他交往过的还不是普通的女朋友，而是让和人爱到想与其共结连理的人——难道自己因此而受到打击了？

错了，才不是那么纯粹的事。对那个连见都没见过的“和人的前女友”，茉莉嫉妒到想哭。比起被和人那样喜欢着，那个能够为了“男友要成为家主”这种理由就抛弃和人的前女友更是让人羡慕到想哭。

尽管间隔了些许的时间差，姑母们在桔梗婚礼当天的那段对话还是将茉莉彻底击垮。她在被窝里蜷缩起身体，放声哭泣。

不知道会有多少个夜晚，被什么人的声音团团围殴。

实在太想见你了。我若是个更强、更健康，能够一直待在你身边的人，肯定会立刻冲到你的身边，将快要认输的你紧紧拥抱，用心守护。

可我的双手太不可靠，也太不稳，甚至连拥抱你都做不到。

是我不够好。

我实在太配不上你了。

十四

冷风开始刺痛脸颊的时节，两人再次见面了。

从检票口走出的和人露出酒窝笑着，茉莉也跟着含糊地笑了笑。和人那天真无邪的笑脸看上去有些可憎，连带内心都变得荒芜不堪。

“今天去哪儿？要不要去迪士尼乐园？”

和人看着茉莉笑道。他头戴黑色绒线帽，身穿运动夹克，一身跟同学会时别无二致的街头风格装扮。如同姐姐穿旧的连衣裙再给妹妹穿，一想起他那眼神从前曾经看向别人，就变得毫无魅力可言。

“今天还是比较想去买东西。我想去看看冬季用品。”

“整个人都是工作模式呢。”

和人的微笑中不带半分怀疑或受伤。茉莉荒芜的内心不禁萌生出了焦躁——讨厌他的从容，讨厌他毫不怀疑的目光。

“没这回事。之前完全没置备过东西，又是难得的休假。”

“那今天就陪茉莉同学购物吧！”

和人似乎完全没听出话中的讥讽，反倒兴冲冲地朝山手线的方向走去。留下茉莉在原地毫无掩饰地大皱眉头。

“茉莉同学，快走啊。”

和人转过来的那张毫无顾忌的脸，更加煽动起了茉莉的焦躁情绪。

这一天，茉莉带着和人来回跑。商场一家接一家地逛，将品牌店从头看到尾。对于男装区一概无视，试穿就花了好几十分钟。

茉莉不懂真正激怒他人的做法，只能把想到的自己不愿被如此对待的事全都做了个遍。尽管如此,（虽然有了某种程度的预想）和人还是没有表现出分毫的焦躁或厌恶。对于茉莉带着自暴自弃的心情买下的衣服和包包，他会开心地表示“能买到好东西，真好”；还跟被驯服的小狗一样，无论到哪家店都兴冲冲地说着诸如“这个颜色跟茉莉同学很相衬哦”之类的话；至于不断增加的购物袋，和人也理所当然地全部提着走。越来越疲惫的反倒是茉莉，感到受伤和焦躁的也是茉莉。

到了日落时分，刺骨的焦躁感早就像被遗忘在冰箱角落的茼蒿一样枯萎，失去了清新的色彩和扑鼻的香味，全部转变成了对自己的嫌恶。

“买了不少东西呢。”

“是啊……”

别笑得那么爽朗啊，笨蛋！茉莉精疲力竭地戳着黑森林蛋糕，坐在对面的和人满足地喝着咖啡。穿着打扮街头风的和人与大小姐风的茉莉，二人从服装到表情都相当不协调。

他们走出咖啡馆，暴露在冷空气中，才被红茶温暖的身体一下子变冷。从涩谷、新宿一直走到银座，让茉莉的气力和体力全都到达极限。白白浪费了一天的空虚感涌上心头，等信号灯转绿的时候，茉莉几乎落泪。

“茉莉同学，你冷不冷？”

被询问的瞬间，茉莉擤了擤鼻涕，和人温柔地低头注视着她，轻轻牵起她的手。信号灯变绿，茉莉被和人牵着手走了起来。

尽管很可恨，但她还是喜欢和人；她自然没有忘记礼子过世当天的情形，但还是喜欢和人。

她半用力地回握了和人的手，和人立刻也紧紧握住她的。

明明想要买鞋的，却从好几家鞋店门口径直路过。一旦停下脚步就要松手，因而茉莉在沉默中继续向前走。

两人走到偏离主街的位置，就在茉莉思索着该说些什么来掩饰的当口……

“和人君。”

有人将和人喊住。

两人一齐停下脚步，就见一名面容温和的初老男士从他们先前路过的店中走出来。和人露出恍然大悟的表情，松开了茉莉的手。

“晚上好，承蒙您关照。”

“晚上好。今天回本家吗？”

“不……今天我那个……”

“约会啊。”

男士呵呵一笑，和人则面露苦笑。男士所在的店铺橱窗中摆放着各色茶具，似乎是一家茶道道具专营店。茉莉偷偷看了一眼身旁和人的表情，能明显看出他虽然紧绷着面孔，还是拼命挤出讨好的笑容。

“代我向家主问好。”

“是。濑田先生看上去精神矍铄，真是太好了。前几日听家母说，您的身体有些异样，让我很是担心……”

“和人君能这么说，真让我高兴。”

“不……还请您多多保重。那我就先告辞了。”

和人礼仪端正地低头致意，茉莉也慌忙跟着低下头去。和人逃也似的飞速迈步离去。在跟男子擦肩而过的时候，茉莉再度低头致意，随即跟在和人身后走远了。

街头的喧闹不再，唯有商住两用楼的昏暗荧光灯照亮地面。不知何处传来含混不清的歌声和瓶瓶罐罐碰撞的声音，却感受不到人气。和人过了好久才像终于想起茉莉的存在那般转过头来。

“你想去的店在哪儿？难道迷路了？”

茉莉看着直打哈哈的和人，停下了脚步。

“刚才那家店，是卖茶道道具的吧？”

“嗯……对。很早之前就去过。不说这个，我们回大路上去吧，这里太黑了。”

“那位大叔知道阿和君不住在家里。连做茶道道具生意的人都知道了，就是说大部分的人也都知道了。都这样了，阿和君还能这么心平气和的？”

“你怎么了，茉莉同学？”

和人如此反问的表情，与那位跟他长得很像的女士相互重叠，茉莉那种沮丧的焦躁又复苏了。

“阿和君将来打算怎么办？一直逃避回家吗？既然这么不愿做，干脆放弃得了，跟你父亲说清楚，直接放弃不就好了？能代替阿和君的人不是要多少就有多少吗？”

“……干吗突然说这些？太奇怪了，茉莉同学。”

“奇怪的明明是你！赶紧做决定吧，继续逃避是不可能的，至少这点你应该明白吧？”

这天，和人初次表露出了自己的不悦。

啊，这样下去大概能激怒和人吧——茉莉带着找碴儿般的目光朝他看去。有那么一瞬，和人也用相同的眼光回看她，却又迅速稳住了自己的表情。

“别说了。我不想跟茉莉同学谈这——些——事。”

茉莉出言责备试图转换话题的和人：

“跟你想要结婚的对象，你谈过这——些——事吗？还是像刚才那样逃走，最后让对方逃了？”

“啊！什……你怎么？”

“拜托你好好思考一下，这是你自己的人生啊！因为你下不了决心，周围的人才会被你折腾来折腾去！就因为阿和君一直在逃避，才会一直找不到答案！千万别天真到以为一切都会变得稳妥！以为只要摆出那种讨好的笑就能搞定一切，你是不是蠢？”

“你停一下，茉莉同学，到底怎么了？究竟怎么回事？”

茉莉挥开和人伸向自己的手，夺过之前硬让对方全部提着的、装满衣服和包包的购物袋。

“刚才那个人，肯定对阿和君的优柔寡断感到厌烦吧？不过就是被女人甩了而已，别胆小得跟个小孩一样！胆小鬼！”

“胆小……茉莉同学根本什么都不知道吧！你根本不清楚我到底是怎么想的！”

“当然不知道，我只是一介凡人而已！我还没卑鄙到一边对别人说‘要加油’，一边自己却在逃避！”

“卑鄙……”

“我开始画漫画了。虽然很怕被人批评到一文不值，但在阿和君说‘绝对不能放弃’之后就开始画了。阿和君还有资格说这话吗？现在这种状态还有资格这样说吗？”

“……”

“又是冲浪，又是滑雪的，还有很多朋友，这样开心下去就够了？说什么找不到真正热衷的东西，你打算耍性子到什么时候？你早就成年了吧？我们早就已经成年了！”

“这我当然知道！我很清楚，但就是没法像茉莉同学这样简单做到啊！”

和人挪开视线盯着自己的鞋尖，死死咬住嘴唇。被茉莉触碰到了绝不可触碰的痛点，对于那种无处可去又无法宣泄的怒气，他似乎费了好大一番工夫才克制住。

“阿和君只是在惧怕失败吧。你比多数人都要能干，别人也没跟你争过什么，所以才会害怕，这不是傻瓜吗？我的人生才是一塌糊涂！这个不行，那个也不行，跟姐姐相比永远会输，明明很不甘心，却不能说出口。但人生不就是这个样子的吗？就算一直不行，也总会在某处发现些什么；完全不行的时候也能找到些什么；充满不幸的人生之中偶尔也能找到一点点幸福，这样不就好了？因为偶尔有那么一点点的幸福，所以感到活着真好——你应该能变成这样吧？一直逃避下去是不可能发现这些幸福的！败给了家人的期待，被女人甩掉，那又怎么样？跟我比较起来，阿和君的失败根本只有擦伤的程度，太蠢了！”

“别总是‘蠢’啊‘蠢’地说我。”

“因为你本来就很蠢！到处逃避的男人简直让人郁闷又烦躁，看了就来气！”

“凭什么我要被茉莉同学训成这样！什么‘只有擦伤的程度’？茉莉同学有背负过什么东西吗？有没有过想要逃跑却怎么也逃不掉的念头？！我也不愿意变成现在这样！又不是自己想要生在那种世家中的！那种玩意儿是能够轻易背负得动的吗！”

“如果不想做，就大声说清楚！好好去跟父母说清楚！”

“哪有那么简单？家里只有我这一个继承人！”

“那你就准备怨恨自己的血统了？对于生在这种命运之星下的自己，就这样抱着怨恨的态度过完一生？就继续这样逃避下去，只要开心，只要得过且过就好？然后毁掉一个流派，阿和君就能得到幸福了？”

“……你能适可而止一些吗？我来东京不是为了听这些话的，但为了和茉莉同学见面，最终还是来了，所以……”

和人背过脸去。茉莉生出了一股仿佛在遥远的记忆中看到了某个人般的错觉，她喃喃道：

“……我也不愿意变成现在这个样子，这我很理解。”

“嗯？”

“虽然我只是一介凡人。”

茉莉用半边脸挤出笑意。

“谢谢你今天陪我，我先回去了。阿和君就在外面稍微多待一会儿，让冷空气把你的头脑冷静下来，再好好想想。”

“你等等……”

“再见。”

茉莉转身就走。购物袋实在太重，她恨不得一个不剩地全部丢掉。

背负漫长人生的人原来也同样艰辛——茉莉直到此刻才第一次有这样的认识。尽管哀叹知晓了生命时限的自己是最不幸的人，但置身茫茫无边的时间之中又没有任何路标，却不得不走下去的人，他们的不安也是无法估量的。

那天之后，和人再也没有主动联系过她。寂寞自然是有的，却又莫名地有种安心感。如同唤醒自我体内沉睡的孩子那般的和人，他的存在感果然不是轻易能够承受的。

若无法再度相会，至少祝愿和人能够幸福……想着这种多愁善感的事，时间竟然过去了一个月，简直愚蠢。

进入师走[1]时分，街上开始热闹起来，茉莉跟短大时代的朋友们再度相会。

为庆祝奈绪结婚，众人在美弥的店中集合。

纱织从一开始就很兴奋，她对奈绪的对象知之甚详——从两人是如何熟络起来的再到对方的特征——全都讲得详细万分。店内奇怪的配色不仅无法让人放松心情，反倒会让人异常亢奋或极端消沉；端上桌的料理也是一成不变地油腻到让人食欲减退；纱织的声音过于尖锐，让人时不时地听不出她到底在说什么。茉莉一边啜着温热的乌龙茶，一边听着她们说话，但其实压根没听进去。

对好友结婚的事漠不关心的自己是不是已经枯萎了？或者说，奈绪的幸福对她来说根本就无所谓？即便被说成是冷酷无情的人，现在的她也能够接受了。

1 师走：日本对 12 月的称谓。

“话说，纱织跟男朋友怎么样了？”

“我是想结婚的啊，想归想，却办不到。再这样下去干脆生个孩子出来吧，我真的偷偷在计划。”

“哇，计划性犯罪啊！”

三人为了茉莉一辈子也说不出口的话题而放声大笑。今天不像上次聚会那样是包场，店里还有其他好几桌客人，那边的笑声也传进耳中，美弥在眼前走来走去，忙忙碌碌。

正当纱织开始讲男朋友的事情时，茉莉感到一阵原因不明的头疼。餐具咔嚓咔嚓的碰撞声在头脑中回响，四处冲撞。茉莉尝试按压太阳穴，反倒加剧了疼痛。

看向对面的桌子，大学生模样的男生正咕咚咕咚地灌下一杯啤酒，同时露出了猥琐的笑容。虽然这些人的穿着跟和人很相似，但一比较起来，和人与生俱来的良好品质显而易见。

无论打扮成什么模样，和人绝不会看上去那般猥琐。他那温和的笑容浮现在眼前，再加上乌龙茶冒出来的热气，茉莉不禁吸了吸鼻涕。

和人想必不会这样咕咚咕咚地喝酒吧。无论穿什么衣服、身处何处，他的内心都如同那座宅邸的庭院，拥有一种令人舒畅的寂静，将日本的四季之美融合于和谐的空间。他就是那样一个将一切整理得井井有条、让人备感舒适的人。

那样的人，她还是第一次遇见——光是手牵手，就能给她一种比身体重合更加记忆犹新的感觉。和人修剪整齐的指尖在脑内苏醒，茉莉又吸了吸鼻涕。

“我说，茉莉在听吗？”

“嗯，我听着呢。”

话题很快从女生的策略转变为迷恋的男人，怎样都无所谓了。啊，好想见和人。

头部忽然一阵抽痛。各种声音混杂在一处，和人却不在这里；各种对话交织，和人却不在这里。自己的世界里，已没有了和人。

“茉莉差不多也该交个男朋友了。光是逃避可不行哟，茉莉。要不要我给你介绍？”

“还有我！对方是我男友的朋友，要不要见一下？”

“……不用了。没有男朋友也无所谓……”

“不行哟，茉莉！赶快回想起短大时代！有男朋友的时候不是很快乐吗？”

“真的不必了……”

“茉莉，你真打算一直不谈恋爱？”

对方的语气忽然认真起来，茉莉抬起了脸，就见纱织和奈绪紧皱眉头地盯着自己。大概是茉莉毫无斗志的态度把她们激怒了吧。尽管心里有数，茉莉仍然面不改色。

“我不需要男朋友。没男人就不行吗？”

“不是行不行的问题，应该说是一种支撑……茉莉平时都做点什么？有好好出过门吗？有了男朋友，你会更加滋润的。”

“我看上去真的那么萎靡吗？”

茉莉自嘲地笑了笑，奈绪困扰地挪开视线。

为了下场动漫活动，茉莉正赶着画原稿、制作服装，持续地睡眠不足。买新衣服很麻烦，毫无干劲的茉莉穿得就像坐在对面的学生，同样连帽衫配牛仔裤。任何事都麻烦透了，一切都无所谓。但唯有画漫画不可或缺，茉莉将用于护肤和看时尚杂志的时间也全用在了原稿画纸上。真想一天 24 小时全都扑在画漫画上——茉莉生怕一旦放下笔，就连画漫画这事都觉得麻烦了。

“茉莉，你到底怎么了？”

“没什么。”

“那我们帮你安排见面……”

“不用了，我不需要。”

“是因为你的病吗？”

纱织的声音听上去像在诘问。茉莉的头隐隐作痛，看着她咬紧后槽牙皱眉的模样，一旁的奈绪赶忙制止了纱织。

“别说了，纱织。你这样说，茉莉实在太可怜了。”

幸福的人一旦看到周围的不幸，总会真诚地分担痛苦。温柔的声音带有科罗那[1]鸡尾酒甜腻的香味，茉莉更用力地咬紧了后槽牙。因为止不住的头疼，她完全找不出能够平息这种局面的借口，也挤不出笑容。至于掩饰什么的，也都变得无所谓了。

“因为生病就不愿谈恋爱，只是一种逃避！我不愿看到茉莉沦落成那种人！都那么努力地过来了，我希望你能够幸福！”

“吵死了……”

茉莉几乎毫无意识般地喃喃自语，打断了纱织打着“正当友谊”旗号的主张。

不用抬头看，都能感受到纱织和奈绪的惊愕。迄今为止，茉莉都不曾用这种口气对任何人说过话。

在她的生活方式中，对感情的抑制比任何事都来得重要。她不想因为反抗或顶嘴而被人讨厌。虽说没法变得像姐姐那样人见人爱，但至少不能变成让别人想到就叹气的那种人，为此她始终小心翼翼。

“什么叫‘逃避’？纱织又对我理解多少？”

“什么……茉莉不是一直都有喜欢的人吗？你对恋爱的态度

---

1 科罗那：一种香甜咖啡酒，Kahlua Milk 则是在科罗那中加入牛奶调配的鸡尾酒。

一直都很积极的，但生病之后就变了……”

“当然会变！被告知得了没人能活过10年的疾病，任谁都会变的！谁又会爱上这种生病的女人？你打算怎样介绍我？直接说‘她有病在身’？你们周围真的有男人会觉得这种生病的女人也很不错吗？”

“你等一下，茉莉……活过10年……什么意思？”

“就是字面意思！得了我这种病的人，没一个能活过10年。从我发病至今已经过去6年了，大概还剩下4年。你们打算把最多还能活4年的女人介绍给谁？我这不叫逃避，而是经过深思熟虑后的决定。”

茉莉嗤笑着说完，就见两人表情僵硬。只听“咣”的一声，茉莉转过头去，看到面色铁青的美弥。

“什么叫活不了了……茉莉，你会……死？”

失手滑落了玻璃杯的美弥浑身颤抖。亮慌忙从厨房赶过来，边向四周的客人低头赔罪，边跪在美弥脚边匆忙地收拾玻璃碎片。女人们惊愕的面容和消瘦的男人忙碌的动作——眼前的光景全都变得苍白起来，令茉莉十分扫兴。

“对不起，我回去了。”

“茉莉，等等……对不起……我们好好谈谈，好不好？”

“不必了。再这样下去，我肯定会伤害到大家。”

“你等一下。茉莉，这么大的事你为什么到今天还瞒着我们？我们是朋友啊，为什么……啊，那个，一起去旅行好不好？”

想法产生动摇的美弥，挤出奇怪的笑容，向茉莉伸手。不知从何时开始，美弥那纤细的指尖布满了伤口，跟学生时代热心变换各种美甲的那双手迥然不同。

“……对不起，今天我先回去了。之所以不说，是因为说了也无济于事。”

“无济于事……”

“就是无济于事，因为没有治疗方法。除非发生奇迹，能在 4 年内发明出治疗的奇药。因为终将结束，所以我决定决不开始某些事。所以我不会谈恋爱的。虽然是生病的缘故，但这事并不是逃走就能轻松解决的。”

茉莉站起身来穿上外套，此刻已经无人试图阻止她了。

“拜拜。”

快步走出居酒屋，冬季的寒风刮得她面颊生疼。无论走出多远，都没有“等一下”之类的喊声追上来。爱情也好，友情也罢，人生中绝不可能出现连续剧般的梦幻剧本。

茉莉在人群之中痛快地伸展着身体。她切身感受到，把说不出口的话说出来竟然这么畅快。那些人或许再也不会打电话来找她了，或许连封邮件都不会再发，或许连婚礼请帖也不会寄过来了。但这样反倒清爽。

“啊——太清爽了！”

茉莉大幅度地甩着胳膊迈步向前。明天来一趟久违了的购物吧——看着路边的橱窗，茉莉的情绪开始高涨。

对不起。

对不起。

对不起。

大家，对不起。

尽管也有过想随便找个人来代为背负的时候，但人生毕竟各有不同，谁也无法代为背负。

跟阿和君相遇之后，我就明白了这点。

所以，对不起。

美弥的手，变得相当粗糙。那是一双干活儿的人的手。要加油哦，美弥。我发自内心地祈祷，希望你的店能够生意兴旺。

我真诚地祈祷，为了奈绪和纱织的幸福。

直到受了伤才开始明白。

我真的非常喜欢大家。

大家都完全没有恶意。

对不起。

对不起。

对不起。

十五

准备在活动上穿着的服装宣告完成。茉莉穿上新装，自己都觉得很漂亮，不由得在镜子前转来转去地欣赏。

这次还帮月野和沙苗做了衣服。两人约定在这天前来拜访，大家一起玩换装游戏。

茉莉将音响的音量稍微调高了一些，愉快地哼着歌。这是一个晴朗的周日午后。父母结伴出门购物去了。

门铃响起，茉莉走出房间。此刻比约定的时间稍早，茉莉却毫不怀疑地喊着“来了”便冲下楼梯。

“沙苗，快看，快看！”

茉莉用力推开大门。

茉莉梳着跟动漫角色同样造型的马尾辫，显得精神百倍。她用欢快的声音喊着，等待沙苗的回应。然而，门外不见沙苗或月野的身影。一件穿旧了却依然状态良好的掉色旧夹克前襟出现在她眼前。

缓缓抬头，只见低头注视茉莉的正是和人。

就连看错的余地都没有，站在面前的确实是和人。

“啊……茉莉同学……”

两人目光相接，茉莉短暂思索了一下为什么和人会在这里，而下个瞬间猛地想到了更关键的问题，赶忙用力甩上大门。

“茉莉同学！对、对不起，突然跑来！”

“什、什么？搞什么？你为什么来这里？！”

被看见了，Cosplay 的模样被看见了！

比起和人突然出现，此事带来了更大的惊愕，让茉莉恨不得找个洞钻进去。

“茉莉同学，开开门，好吗？我想跟你谈谈。很抱歉没事先联络就跑过来，只是……”

茉莉对电话和邮件统统采取了无视的态度。对和人而言，这次突击可谓鼓足了勇气。

茉莉轻轻拉开房门，仅露出一张脸。

“你等一下。”

随即关门冲上楼，脱下刚做好的新衣服，打开衣橱。至于该穿什么，一片混乱的头脑根本无法好好进行思考。

和人来了，来见她了。如今外面是寒冬，让他长时间站着未免太可怜，茉莉顺手拿出目光所及的桔梗送她的毛衣披上，边系牛仔裤的腰带，边下楼。

她把手搭在门把上，调整紊乱的呼吸，深呼吸过两三次后才将门打开。

带着开启宝箱的心情将大门打开一看，真的不是梦，焦急等待的那个人就站在门外。

“突然跑来，对不起。”

“嗯，进来吧。”

“打扰了。”

自己的房间整个变成了御宅族帝国，因此茉莉将和人带到了起居室，和人在不久之前由父亲坐着的沙发上落座。茉莉准备好了咖啡杯，才想起问：“咖啡行吗？还是红茶？”心神不宁地东张西望的和人像被吓到了一般，表示“咖啡就行”之后便垂下头去。

这是一个无比晴朗的冬季午后。咖啡醇厚的香味在开着暖气的舒适环境中飘散。茉莉站在起居室对面的厨房中，没怎么敢抬头。和人就在对面，她偷瞄了一眼。和人似乎也很尴尬，缩着身体坐着不动。

将咖啡、牛奶和砂糖排列在桌子上，茉莉坐到了面向和人的那一侧。两人一反常态地沉默，茉莉想大口喝咖啡掩饰尴尬，却又因为咖啡太烫了而没办法入口。

“茉莉同学喜欢《宇宙战士 Cross board》？”

为开口而烦恼不已的和人突然想起什么似的抬起头来。茉莉险些把咖啡杯打翻在膝盖上。

“你、你怎么……”

茉莉掩饰不住内心强烈的不安反问道。和人则面露笑意。

“刚才你不是穿着梅洛诺的衣服吗？”

好一阵头晕目眩。茉莉被一股仿若偷窥到世界末日般的巨大绝望所击中。

“就连发型也是。茉莉同学看上去跟梅洛诺一模一样。”

茉莉慌忙解开发辫。怀疑之色更加浓重，使得茉莉陷入强烈的自我厌恶之中。她缓缓啜着咖啡，想要隐藏内心的不安，头脑中拼命寻找下个话题，但忽然转变话题未免显得很怪。为什么要在大好年华看什么动漫啊——真想把自己的事搁在一边这样斥责他。

“那个……阿和君也喜欢 Crobo？”

惨了。明明应该说“Cross board”的却用了简称，更加暴露了自己常看动漫这件事。

“嗯。我从小就很喜欢机器人动漫，就算长大了，再看还是看得很开心。”

“……对啊……”

简直有种微笑着接受拷问的感觉。和人似乎察觉到自己逼问得太紧了，不由得抖了抖肩膀。

“茉莉同学果然手很巧呢。”

“……是啊……”

“我也来做一套吧，利利亚之类的……”

“……我觉得跟阿和君不衬……”

“是吗？”

“是啊……”

眼见茉莉使劲蹙眉，和人终于忍不住放声大笑。充斥着紧张感的起居室顿时像被染上了一层色彩般活跃了起来。

“够了！真啰唆！这又怎么样！”

“我明明什么都没说。”

“反正你想说‘死宅’就对了。”

“真是这样？”

“无所谓了，反正我喜欢！”

“我也很喜欢 Crobo 哦。”

“阿和君也是死宅，对吧？”

“虽然没玩过 Cosplay。”

看着哑口无言的茉莉，和人再度笑了。

“还有别的 Cos 服吗？”

“不告诉你。”

“也让我穿穿看吧，军服看上去很帅。”

“对阿和君来说尺寸太小了。”

“那就是有啰，军服。”

两人面对面，看着再次吃瘪的茉莉，和人笑得很大声。

“等下有朋友要来。如果你有话对我说，能赶紧说吗？”

“御宅族的朋友？”

和人放下咖啡杯时发出了声响。他止住笑意，摆出一副亲近的表情不停道歉。

“如果你是来找我吵架的，我接受。”

“抱歉，你想错了。今天我是来找你和好的。”

“什么？”

“之前很抱歉，真的很抱歉。我一直想来道歉的，但怎么说呢，茉莉同学说的话全部都是事实，戳到了我的痛点……想要重新来过……”

“身为男子汉这样太难看了。”

“不应该男女平等吗？”

"那我也应该向你道歉。我说得太过分了，对不起。"

"茉莉同学没错。"

"不是说男女平等吗？"

茉莉一脸茫然地说着。和人露出安心的笑意，终于换上松了口气的表情。

那样笑简直太卑鄙了。哪怕前一刻还在哭泣或大怒，一旦看到这张脸，都会下意识地报以微笑。简直跟小婴儿一样——想到这点就觉得很奇怪，但茉莉还是向和人笑了笑，尽管她内心十分想哭。

和人还是那么狡猾，让感情转眼之间就被重置。分明那么痛苦和寂寞，却在这一瞬间全部变回了原本的模样。

"那，请跟我和好吧。"

"嗯。"

"作为和好的纪念，我们一起去 Board 好不好？"

"Board？"

"不是说 Cross Board，而是滑雪（Snow Board）啦。"

"阿和君，要不要再……吵一架？"

"不会吧，对不起。就一起去吧，夏天都没一起去冲浪，好不好嘛？"

他歪头微笑的样子不带丝毫恶意。茉莉边重新冲泡咖啡，边偷偷查看厨房中的挂历。

没有主治医生的许可就去不了……茉莉将门诊的日子确认了一下，就见下周的位置上多了一个圈。

才要从厨房直接向和人回话，茉莉忽然意识到——

能够跟喜欢的人这样面对面，在休息日的午后一起在起居室喝咖啡，真是一种奢侈的幸福。梦幻般的现实使得内心的真实更为沉重。幸福的光芒越强烈，下面所笼罩的不幸的阴影也就越浓重。

“茉莉同学？”

“能给我点时间吗？下周应该就能给你答复。”

“当然！是工作安排，对吧？我等你。”

“谢谢。啊，不会过夜的，对吧？”

“能过夜吗？”

“……不能。”

“哇，这又算什么？茉莉同学真讨厌！”

“搞什么？什么鬼啊，笨蛋！绝对不能过夜！当天往返！”

“唉……”

“别摆出这种幼稚的脸！”

“算了，没事，只要能跟茉莉同学一起去就好。成功了！”

“但我滑得不好，都多少年没去过了。”

“没问题，我很在行。还有人问过我要不要去做职业滑雪运动员呢，包在我身上。”

“出现了，神童……”

茉莉无可奈何地嘟囔了一句，随即愉快地笑了起来。感觉好久都没这样笑过了。

“我很期待！”

目送和人离去，茉莉折回客厅将喝光的咖啡杯收拾起来。从水槽的位置往起居室看去，和人已经不在。咖啡杯也不再有温度。一瞬间，茉莉的双脚寻找着和人似的向外冲去，她慌忙给自己踩下刹车。

仿佛为了打破寂静，咖啡杯滚落到了水槽中。巨大的水流从水管里喷出来溅到杯子上，水滴呈放射状四下飞溅。平常不甚在意的挂钟声，此刻变得无比刺耳。滚热的泪水忽然夺眶而出，茉莉浑身无力地当场崩溃。

第一次感觉到生命的可贵。

每一分、每一秒都令她珍爱到令人痛苦——求你别走那么快，让我在这里再多待一会儿。

第二周，茉莉和主治医生谈了外出的事情。感觉如同等待考试合格的公布一般，尽管只是补考合格。主治医生对她的提议没给什么好脸色，但茉莉坚持要外出，也就只好勉强表示了“OK”。

“请问，医生……我的病，没有恶化吧？”

“嗯，没问题。这个月也没有异常。”

“没有向好的方面转变吗？”

主治医生有些不知所措，然后看着茉莉的脸，露出抱歉的神色。

“没有看出恢复的征兆。不过能够一直维持现状，茉莉就已经很努力了。稍不留神就会迅速恶化。”

“……就跟节食一样。”

茉莉自嘲般地笑道，医生也跟着笑了笑。

门诊结束后，茉莉立刻给和人发了封邮件。当“有新邮件”的来信提示音响起时，茉莉看着和人的回复，仿佛能够听到他欢快的声音。一想到这里，茉莉也不禁笑开了。

只要活着，就一定能够遇到幸福。她也明白，那是一把不知何时会折磨到自己身上的双刃剑。然而，现在她不想考虑今后的事，只想一心品尝和人带给她的幸福，如同品味糖果的滋味。

眷恋生命，对时间无比珍惜。

和挚爱之人告别，即是“死亡”。

然而，与珍爱的自己告别也是一种“死亡”。事到如今，应该更加珍惜自己才对。最能够珍惜我的，也就只有我自己了。

要是能早点意识到这些就好了。

十六

新年伊始，两人去滑雪了。

他们向朋友借来的车上，堆着滑雪板和靴子。茉莉嘴里说着不擅长，但带上专属自己的滑雪板还是让和人出乎意料地开心。

约定出行的前一周，茉莉和父亲一起去了运动用品商店，买了滑雪板，滑雪服也换成了全新的。父亲爱好登山，因此茉莉从小经常被他带着去滑雪。此次听说女儿要跟朋友一起去滑雪时，父亲虽然面露担忧，却仍带着些许的欣慰。

自从得病，茉莉有很多事都没法去做，登山也是其中之一。虽说茉莉很早就放弃了这项运动，但对于将两个女儿以花卉命名、兴趣全在户外运动的父母而言，或许无法轻易放弃登山。尽管想着只要自己放弃、独自忍耐就好，但家人肯定同时也放弃、忍耐着某些事吧——看着仔细帮自己擦拭滑雪板的父亲，茉莉开始意识到了这一点。

和人用滑雪板在雪面上划出痕迹，悠然地向下滑行。他的动作炉火纯青，十分流畅，令人着迷。茉莉在他身后华丽地跌倒，又匆忙爬起来。

“茉莉同学，你没事吧？”

“没事你个头！”

茉莉自暴自弃地大喊着，下端的和人开心地笑了。

久违了的白银世界闪闪发亮，世间万物仿佛都在反射着银光，分外炫目。开阔的天空是一望无尽的蓝。无论是直到山顶都白雪皑皑的山，还是将鼻子都冻住的冰冷空气和照耀万物的巨大的白色太阳，所有的景色都让人好怀念。相比同样雪白的狭窄病房，这里充满了仿佛能跳跃到宇宙之中的自由感。

茉莉无法顺利停下来，只得以缓慢的速度朝和人冲过去，又被和人一把接住。两人的脸凑到没法再近的距离。

“滑得太烂了，茉莉同学。”

“我不是说过自己很久都没滑了吗？”

“小学参加滑雪教室的时候，你也摔得很华丽。”

“别拿那么久之前的事出来说！”

蓝天与白色的太阳，雪与和人。这一切宛如完完整整的幸福结晶。

“我说，阿和君也能飞起来吗？”

乘坐上行升降机时，茉莉指向跳台问道。

“可以啊。我以前是 U 型池的选手。”

“U 型池指的是那个吗？”

茉莉的手模仿钟摆摇动的方式，和人随即点了点头。

“算得上专业吗？”

“嗯，有一瞬考虑过参加奥运会。”

“神童简直太小看人生了。”

被茉莉从下方瞪了一眼，和人笑着首肯。

这个人一旦在自己决定下来的道路上前进，必定能够放松心情，活得更加自在吧。

“我说，飞一个看看吧！”

“什么？”

“快点！就像刚才那人一样。你能飞得更高吗？”

“不好意思，我可是很厉害的哦！”

和人被反射着白银雪色的蓝天镶了一道边，自信满满地笑道。

站在起始位置的和人挥了挥手，茉莉在下面同样挥手回应他。

巧克力薄荷配色的滑雪衫开始滑行，茉莉双手遮挡着阳光抬头观望。

U 型池上雪花纷飞起舞。和人气势十足地飞起的瞬间，茉莉不禁感叹连连。

时间像慢动作似的缓缓流淌，与天空融为一体的和人以独占太阳的姿态，在光芒中回旋了好几圈。

脱离重力的蓝色滑雪板在半空中舞蹈。在此瞬间，分明能够看到纯白的双翼从他的背部伸展开去，在空中尽情展翅。“我想飞上天空”——诉说这一梦想的幼年和人从脑海中掠过。

被天空所牵引，全身沐浴在阳光中，和人划出弧线般地舞动着回到雪地。

“怎么样？是不是很帅？”

“嗯。”

茉莉颔首，主动提问的和人反倒显得很害羞。茉莉眯起眼注视着他。

两人坐到雪地上，仰头望天。

茉莉扯谎说“为了今天的活动而请了带薪假”。年末和年初的游客高峰期过后，工作日的滑雪场显得很宽敞。

“天空真美啊。”

“滑雪场的天空真澄澈。”

仰望万里无云的蓝天，他们同时深呼吸，甚至能闻到空气的味道。

“阿和君真的飞起来了。你真的实现了写在小学纪念册上的梦想。”

“虽然没能成为宇航员。”

和人仰望着曾用手触及的天空，陷入沉思般说道。

“有人说过，与天空的宽广相比，人间的烦恼不值一提，但我不这么认为。就算身处大自然、仰望整片天空，烦恼也不可能变得不值一提。所以我才想要飞。不是从小到大站在天空之下仰望，而是融入其中，这样或许就能有所改变。”

“融入其中之后，有什么改变吗？”

和人将视线从空中移向茉莉。如同滑雪板着地，总感觉他的心也跟着一起返回了地面。

“……唯一明白的就是，无论我做什么、身处何方，我的烦恼都不会变得渺小，哪怕真变渺小了也丢弃不掉……所有的事，我都是认真去做的，滑雪、冲浪、田径、网球、篮球、足球、体操，还有大学的课程研究。但在竭尽全力去做以后就能明白，我的安身之处不在这里，不在这里——对此我很清楚。”

“……阿和君的安身之处呢，找到了吗？”

“找到了。被你丢在银座，生平第一次被人骂‘愚蠢’之后，我终于明白了。”

"把'愚蠢'当起点开始前进说不定也不坏哦，神童。"

和人笑了。那是一种再无迷惘、饱含意志的笑容。

他们原本预计再滑个夜场的，但傍晚开始雪下得很大，升降机也提早停了，两人开始为返程做准备。茉莉走出更衣室来到大堂，就见和人穿着连帽衫和松松垮垮的牛仔裤，带着微妙的神情，抬头看着大堂那台旧电视。

"怎么了？"

茉莉一出声询问，和人就下意识地露出笑容，却又立刻指向电视，生硬地说道：

"麻烦了，不让走了。"

"什么？"

"回去的路被封了。"

和人尽量以轻松的口气，试图将事态形容得没那么糟糕，但两人面面相觑的那一刻，却又同时流露出了"该怎么办"的不安表情。

升降机停止运行，滑雪场的照明也全部关闭了。不知不觉间，这座被投币式储物柜占据了一整面墙的设施里，人也走光了。和人先去找设施老板询问交通情况，但得到的回复和电视中所说的别无二致。他建议两人去找家酒店，和人提议由他去寻找附近合适的酒店，让茉莉留在原地等待。然而看到老板流露出想要尽早关门的态度，茉莉坚持自己也一起去。

“不行，外面风雪很大。”

“没事，走吧。”

“不行。”

和人表情严肃，斩钉截铁地说。然而，和人或许是觉察到了茉莉待在此处不舒服的感觉，便低头拿起她的行李，像要说服她似的说道：

“那么，先到车上去等着？”

茉莉扬起脸，得救了般地点了点头。

和人将两人的行李一并背起来，在狂风暴雪中朝停车场走去，茉莉紧随其后。冻结的雪花刺痛着面颊，让人倍觉不安。和人让茉莉上车，将暖风开到最大，自己则顶着暴风雪又冲了出去。

茉莉呆呆地望着挡风玻璃白成一片，思索起了接下去的事。总之，暂时没办法回去，虽然他们说过准备打电话去询问酒店是否有空房，但真的要住下？

“总、总之先打个电话。”

要让自己摆脱不停乱窜的妄想似的，茉莉赶紧取出手机，先联络了家人。母亲很为她的身体担心，但碍于天气也无可奈何，只能表示知道了。

“要好好找家酒店住下！不能让身体受凉！药带了吗？跟沙苗在一起应该没问题，但还是要当心啊。”

她只告诉家人自己“跟朋友一起出门”。而听到“朋友”，母亲就自动联想到了沙苗，茉莉根本就是明知故犯。对不起了，妈妈——茉莉边在心里道歉，边挂断了电话。

虽说是朋友，但和人是男性，自己也很喜欢他。那和人呢？他又如何看待自己——不是面对“初恋的茉莉同学”，而是现如今的自己？

就在茉莉边抚摸手机边发呆的当口，车门忽然被打开。强风从驾驶座那头灌入，车内的气温一下子降低。

“哇，雪真大！”

和人拂去身上的雪，抵抗着狂风使劲关闭车门，冷空气在空调的热度下开始融化。呜呜作响的风声随之停止，从窗外远去。和人一边拍掉黑色针织帽上的雪，一边不停重复着“好大的雪，好大的风”。

“至于酒店，有团体客人入住，全都客满了。我问了很多家，全都是这个情况。”

“这样啊。”

“本来还想回去问问滑雪场的那个大叔，但已经关门了，没有人在。”

“这样啊……”

和人重新戴上帽子，茉莉则用力握紧手机。狂风的重低音在车内吹响。

“茉莉同学是不是觉得我会偷袭你？”

和人倏地朝副驾驶座看了一眼，以奇怪的方式发问。骨骼在僵硬的体内发出一声脆响，茉莉慌慌张张地挥舞双手。然而茉莉若无其事地向座位另一侧靠过去的动作没能逃过和人的眼睛，和人噗地笑了出来。

“茉莉同学可真容易被看穿。”

“没这回事！我又没有……什么都……”

“那我偷袭你也没事啰？”

“什么！”

骨头又是一声脆响。和人目光柔和地看着姿态僵硬的茉莉。

“今天我们来玩的目的是和好。我不会做让你再次讨厌我的事的。”

“阿和君心中的我，难道还是小学生吗？我不会因为这种事讨厌或害怕的，都已经不是小孩子了。”

茉莉拼了命地逞强开玩笑，和人却突然将手撑在副驾驶位一侧的窗户上，整个身体跟脸都凑了过来。

像是防备某种冲击，茉莉下意识地用力闭上眼，体内的血液一瞬间开始沸腾，身子发烫，心跳加速。

“我什么都不会做的。”

“欸……”

“不会的。直到问出茉莉同学的心意为止。”

两人鼻尖轻触后，和人便拉开了距离。茉莉小心翼翼地睁开眼，就见和人从驾驶座冲她露出最拿手的可爱笑容。

“我们是来和好的！别做什么奇怪的事啊！”

“大人才不会为了一个吻就大惊小怪呢。”

“不是我喜欢的人就不行！”

“那你讨厌我吗？”

茉莉沉默不语。此刻和人的眼神与其说是认真，更像是一只呜呜叫的小狗。

“你这张脸简直在犯规！”

茉莉用手指弹了一下和人的额头。

“很痛啊，茉莉同学！”

“会疼最好！”

笑声在车内响起。

哪怕一再抗争，也无法脱身。对和人的思念已在体内扎根，无论如何挣扎都无从抵抗。喜欢他，喜欢到无可救药，喜欢到放弃了“放弃他”的程度。

“有什么奇怪的吗？”

“嗯？我想我喜欢上你了。”

“什么？”

“我想我喜欢上你了。”

彼此视线交错间，就见和人先是有些不知所措地愣了一下，接着立即将那张困惑、冲击、惊愕、欢喜和兴奋的情绪全都混成一团的脸凑上来，呼喊般地问道：

“你喜欢我？！”

“嗯。”

“真的？只有这一个玩笑我绝不会原谅的哦！”

“如果是玩笑，我不会允许你吻我的，也不会对你告白。”

“我也喜欢你，我很喜欢茉莉同学。”

“不是小学生时的那个我？”

“是此时此刻、身在此处的你。”

和人小心翼翼地伸出手。漂亮的指尖抚上茉莉的秀发，将她的头颈朝自己的方向拉拢。茉莉任由他引导，直到脸颊贴上了他的胸膛。片刻过后，或许是两个座位让人不太舒服，和人挪到了副驾驶的位置，将茉莉抱到自己膝上。

久违地被人拥入怀中，使得茉莉喜悦的心情满溢。和人虽然身材纤细，却很有力，紧挨着他的脖颈深吸一口气，他身上的味道令茉莉全身充满了平静。

“要是早点说就好了。”

“如果早说，说不定就逃了。”

“是吗？那太好了！”

和人将脸凑近，语气天真。茉莉维持坐在他膝上的姿势，让两人的视线再度相交，并用双手抱住他的头颈。

“不要逃哦。”

“不会逃的。”

“理论上初恋是不会成真的，没想到竟然成真了。”

“对于神童来说，应该没什么事是不可能的，不是吗？”

茉莉一笑，和人立刻羞怯地将嘴唇凑了过来。轻啄般地反复亲吻，随后更进一步，双唇深深、重重地交叠。

和人的体温直接传递过来，撩拨着茉莉的理性。两人不停地甜蜜接吻，而即便如此，在和人的手滑入衣服内侧的瞬间，茉莉还是委婉地避开了，对于自己条件反射似的动作，她自己都忍不住笑了。

“不行吗？”

“不行。”

“我想要。”

“现在不可以。”

“那什么时候可以？”

“别那么执着，好不好？”

“就是很执着啊，我一直在等你。”

和人将脸埋入茉莉的头颈一侧，耍赖般地说道。茉莉温柔地抚摸他的头发，吻着他颈后发际线的部位。

“好喜欢你哦，茉莉同学。”

“嗯……”

“一直都喜欢你。在同学会相遇，就第二次喜欢上了你。”

“嗯，谢谢……”

和人重复地说着喜欢。始终克制的部分，似乎无法继续抑制。

“真的……真的喜欢你。”

“我都知道了。”

“等我真的能飞上天空了，一定把茉莉同学也带上。”

“嗯……”

和人忽然扬起脸，似乎感觉到了落在自己颈间的水滴。茉莉已泪流满面。

“怎么哭了？”

“……因为……”

“有什么值得悲伤的？”

茉莉一边任由和人用指尖为自己擦泪，一边露出浅浅的微笑。

“笨蛋，你没有因为高兴而哭过吗？”

“……没有。”

“听神童这么说，简直让人目瞪口呆。”

“在你面前，我就是个无可救药的笨蛋。”

两人的唇瓣再次深深重合。无法抑制的思绪似乎也重合到了一起。

俯视着在放倒的车座上熟睡的和人，茉莉支起身子。在没了暖风的车内，身体一分开就略觉寒冷。他们将滑雪服、毛巾和外套全部叠在一起，相拥而眠。

她本想了解一下外面的情况，但全部的车窗都积满了雪，看不出具体情形。手表指向四点的位置。

茉莉从放在脚边的小包中取出药盒，又拿起仪表盘上的巧克力咬了一口。药品在手掌上堆满，她就着剩下的少许茶水将药吞了下去。正是因为不想让和人看到她的这副模样，才会一直等到他入睡。

直到前一刻还兴奋地说个没完的和人正发出健康的鼾声。他的那份安稳感，紧紧地勒住了茉莉的心。

该什么时候和盘托出？说出真相之后他们还能不能在一起？

茉莉找不出正确的答案。和人已下定决心回家。和人已经下定决心，而促使他这样做的自己却什么都没决定，让她很内疚。

“……茉莉同学……？”

“啊，对不起，吵醒你了。”

“好冷……”

“嗯，对不起。”

茉莉重新躺下，和人做了个将被子拉过来的动作，把茉莉抱紧，随即鼾声又起。

茉莉就这样凝视着熟睡的恋人，直到天明。

我喜欢阿和君。但光是如此还不算完。我们可以让它结束就是了。

可现在才刚刚开始。

十七

这年春天，和人回到了位于东京的宅邸。

面对这些年四处逃避的长子，宗族之中无人愿意欣然接纳，而和人为了补回先前落下的差距，开始拼命地练习。回到东京后，虽然茉莉与和人在物理层面上的距离缩短了，但他不像从前那样时间充裕，二人见面的次数跟之前相比几乎没有什么变化。

即便如此，茉莉还是十分满足。每次跟和人见面，他都显得活力充沛，仿佛将内心一点点地埋入后背般，变得威严可敬。

“你辛苦了。”

两人碰了碰杯。

今天的约会地点选在了台场的一家和式居酒屋。饮了一口后，和人转回两人此前始终在讨论的话题。

“希望你的漫画能够签约。”

“如果签约，就能过上梦想的靠版税生活的日子了！”

“你太性急了。不过，你真的很努力，了不起，了不起！”

和人轻抚茉莉头部，这使得她内心的成就感越发满溢。

“阿和君也很棒，能够顺利练习了。”

“是啊，虽然要从基础中的基础做起，但能进入茶室就很好了。就在今天，我触碰了久违的茶碗，很不可思议地感觉到了安心。该说是心头的枷锁被解开了吧……就像是，有了‘要加油哦’这样的感受。”

“了不起、了不起，要加油哦。”

被茉莉摸头，和人变得很不好意思。他那头曾经的茶色卷发已剪短，变回了黑色。

两人一边聊着彼此的近况，一边夹菜。

“茉莉，你不吃了？”

“啊，嗯。已经吃饱了。”

“茉莉饭量可真小，不管去哪儿都只吃一点点。还是偏食？我挑的店不好吃吗？”

“不是啦，我没什么不喜欢吃的东西，只是在减肥。”

“欸，你已经很瘦了！”

“一不当心就会长胖的！”

“哪里会胖？”

“别说得这么猥琐！”

茉莉弹了弹和人的额头，和人立刻蹙眉。

她并非饭量小或偏食，只是居酒屋的菜品对她而言难以下咽。这分明是要她在不被对方察觉的情况下继续演戏，但医生的叮嘱也必须严格遵守。一直做出充满矛盾的事，过不了多久必然会产生断裂。从旁人的视角来看，他们两人应该是很相配的一对情侣吧。而他们的关系仍然止步于接吻。然而不断地委婉拒绝也总有个限度，和人应该过不了多久就会有所怀疑了吧。她不愿到时候生出什么奇怪的误解，无论如何都不愿和人受到伤害。可即便如此，她还是无法将真相说出口。茉莉被内疚压垮，已经到了窒息的边缘。

走出料理店，两人十指交缠，和人将嘴唇凑到茉莉耳边。

“今天怎么样？”

“什么？”

“我知道你家教很严，会把你好好地送回去的。”

茉莉满脸困惑，和人则坚决地用力握住她的手。

“我订了酒店。”

“那……个……”

“那边的酒店，已经订好房间了。”

“哇哦……不得了了。”

“我不想来硬的，但茉莉总是把话题岔开。如果有不想做的理由，希望你能告诉我。但是我，快半年了还是这种有头无尾的状态……啊，说得那么下流，真对不起……只不过……”

“……对不起……”

“你不必道歉！啊，对不起，还是算了。”

茉莉垂下头去，和人轻轻放开她的手。

“对不起……回去吧。啊，不过，能不能……稍微再多待一会儿？”

看着和人准备朝酒店的反方向迈步，茉莉立刻拉住他的手。心头的迷惘依旧没有消失，但她无法放开他的手。

“去吧……”

“什么？没、没事的！对不起，我……”

“机会难得。我想去看看房间，行吗？走吧。”

茉莉用仅有的一点勇气说道，用力拉了拉和人的手。

酒店的房间以皇室蓝为基调，是一间雅致而安静的双人房。从沿海的窗边能够望到海湾大桥，夜景熠熠生辉。走上阳台，六月的风轻柔地吹动发梢。

“真美。”

茉莉转头，就见倚靠在窗边的和人似乎很苦恼地点点头。分明是茉莉硬把他拽来的，满脸罪恶感的反倒是和人。

茉莉短大时期交往过的人和她同龄，彼此都没什么钱，每次不是选择便宜的情人旅馆就是在对方的房间里。而此刻她竟然身处能够看见海湾大桥的酒店客房，茉莉不禁缩了缩肩膀。眼前这片宽广到令人心动、如同图画般美丽的夜景，也无法让内心整个欢愉起来，这使得茉莉感觉很寂寞。

“茉莉，还是回去吧。家人会担心你吧？”

“嗯……”

如同逃避和人的话语一般，茉莉折回室内，在沙发上坐下。沙发质地松软，触感极佳。

“我在想，我也差不多该去你家登门拜访了。我讨厌这种好像偷偷摸摸在交往的感觉，大家都不是小孩子了，和谁交往这种事情应该没关系吧？让你父母看看我，他们也能安心，不是吗？”

“是啊……”

“还是我不够好？”

这句话令茉莉瞠目结舌。一个轻柔的吻从上方落下，茉莉顿时觉得喉咙一阵刺痛。眼泪就要夺眶而出，她慌忙一口气将泪憋回去。

“我想好好地做。茉莉不喜欢这样？”

“不是……不是这样的……”

“嗯？”

“对不起……对不……”

茉莉崩溃般地从沙发上滑落，紧紧抱住了和人。

“茉莉？”

“……我撒谎了。什么家教很严格、爸爸很啰唆，都是假的……他们是会担心，但不是因为这些……”

“……这样啊……”

“对不起……”

“我可不喜欢谎话。但你之所以撒谎肯定是有理由的，对吧？能告诉我吗？”

和人的口吻中完全感受不到责怪。茉莉攥紧了和人的衬衫，但直到此刻，她还是没有足够的勇气跟觉悟将真相和盘托出。

“自从搬到东京，我就生了大病……身上还有手术留下的伤疤。我不想被你看到伤疤，所以……”

说出事先准备好的谎言，随即又扯了一个谎。茉莉一边感受着内心极度的绝望，一边解开衬衫的纽扣。

就算解开这个谎言，或许还会有新的谎言用来掩盖真相。这样掩饰到最后，隐藏到最后，两人的感情究竟能够走到哪里？

“对不起，我什么都不知道。”

“什么都没告诉你，是我不好。”

“已经没事了？”

“……嗯。”

“这样啊，那就好……去年我提议去海边时也是因为这个？”

“我没办法穿泳装。对不起。”

“好了，不要再道歉了。”

和人用力搂住茉莉的身躯，直接将她一把抱起。床榻之上，和人上下挪动视线，继而落下温柔的吻。

客房中的光线变暗，两人在下沉的床单上彼此相拥。

被比外表看上去可靠得多的和人拥在怀中，茉莉全身心地感受着自己“活着”。从被告知时日无多至今，她从未如此深刻地感受到自己正活着。

茉莉珍爱着“活着”的这一瞬间，任何东西都无从比拟，任何事物都无从取代。

感受“生”之喜悦的同时，茉莉心中也埋下了“死”之恐惧。

我不想死。而我明明是为了不止追求这点，才一路活到现在的。

半夜醒转，茉莉轻轻松开和人的手臂下了床。从手提包中拿出小包，径直走进浴室。吃过药之后，才看到放在小包中的手机正闪着光。五个未接来电，一封邮件。其中四个未接来电是家里打过来的，另一个电话和邮件则来自沙苗。

“你在哪儿？你妈妈打电话来问我。你没事吧？最近的样子一直怪怪的。我姑且帮你瞒住了你妈妈。我知道茉莉绝不会轻易倒下的，不管几点都行，打电话给我！”

茉莉没来得及看沙苗邮件的发送时间就打出了电话。她挨着浴缸边缘坐下，听着电话的呼叫音。连一声响铃都没结束，沙苗大呼小叫的声音就响了起来。

“喂、喂，茉莉！你在哪儿，没事吧？！”

“嗯……对不起。”

“真的没事？应该不是在医院里吧？”

“嗯，我在台场。好好地待在酒店里。”

“这样啊……那就好……我对你妈妈说你在小月家住下了，我马上也会到她家去……万一茉莉真的在哪儿倒了下去，就是我的错了……”

沙苗半开玩笑的声音从电话那头传到耳边，茉莉安抚般地喃喃道：

“真的很对不起。我没事……搞得好像在利用沙苗似的，对不起。只要跟妈妈说‘我跟朋友出去’，她肯定会联想到沙苗……

所以我才利用了这点。”

“嗯，没事的，完全没问题。我跟男友刚开始的时候，也总是打着茉莉的幌子嘛。完全没关系，只要茉莉好好的就好！”

“好好的……我正跟喜欢的人在一起。”

“这样啊！真是的，茉莉什么都没跟人家说过！如果你有交往的对象，就要告诉我啊！”

“嗯。”

“……茉莉？”

“……”

“你在……哭吗？”

“没哭……”

“怎么了？交往得不顺利？”

“……嗯。不是因为这个……不是的……”

“没事吧？不是身体不舒服吧？有没有好好跟对方谈过？不要硬撑。把担心强加于人是不好，但绝对不能让茉莉的身体状况变差。如果不能一起去参加动漫活动，我会很寂寞的。茉莉，你没事吧？”

“没关系……没关系的……我没事，自己也不想再去住院了。”

“真的？”

茉莉弯起一条腿，踩在纯白的陶制浴缸边缘，把下颚搁在膝盖上。有声响传来，她担心那是不是和人起身的动静。

“活动我会去的……原稿，也会加油的。还会给沙苗做新衣服的。”

“我很期待哦！”

“……沙苗……”

“嗯？”

“……谢谢。”

“咦？讨厌啦，说什么呢！”

“谢谢你跟我做朋友。”

“……”

“我们永远都是朋友，直到我死都是。”

“笨蛋，你可是生涯现役人员！等变成老婆婆了，也要搞老婆婆的Cosplay！我们会永远在一起！”

“我喜欢你，沙苗。”

“我也是，最喜欢茉莉了。我的密友只有你！等你回来，把男友的事统统告诉我，我带上原稿来找你玩！”

“好想吃蛋糕……”

“收到，收到。我会带茉莉喜欢的口味来的。”

“说了这么任性的话，真对不起。”

“这算什么任性！不要多虑！差不多该挂了，男友在等你吧？

晚安。”

“……晚安。”

“……茉莉。”

“嗯？”

“即便是朋友，也不必勉强自己全都说出来。不过，如果实在撑不住就到我这里来。如果对男友、父母和自己都撑不住的话，来我这里，好吗？”

“……”

“自己背负一切，一点都不伟大。茉莉已经很努力了，所以尽管挺胸抬头，拿出自信！虽然你的名字读作‘节日’[1]，但写作‘茉莉花’的‘茉莉’，千万不要勉强自己。你不用一味地取悦他人，有什么任性的话只管说出来。那些对你态度冷淡的人，只管丢掉！听懂没？不要自己一个人把苦楚往回咽啊，茉莉。”

“……谢谢，我最喜欢你了，沙苗。”

挂上电话，茉莉将脸埋入膝盖，压抑地呜咽起来。

今晚的一切都那么值得珍爱。一旦意识到近在咫尺的尽是无法放手的事物，那种感觉，仿佛撕心裂肺。

想要活得更久。

---

1 “茉莉”的日语发音为“Matsuri”，和“祭祀”“节日”（祭り）同音。

抱膝坐在空空如也的浴缸中，茉莉哭得停不下来。

“我爱你”，痛苦到几乎让人窒息。既沉且深，让人溺毙。

溺毙的时刻必须独自沉沦。必须做好觉悟，决不能向和人伸手。

啊，差不多了。

必须开始为“死”做准备了。

十八

按照约好的，沙苗买了许多茉莉爱吃的蛋糕，立即赶了过来。

“哦，小学同年级的同学啊。真好，因同学会而旧情复燃。”

沙苗戳着蒙布朗蛋糕，以调侃的口吻说道：

“还真是异地恋爱呢，我竟然没注意到，真是失策。”

“是我没跟你说，对不起。总是为了原稿而忙得团团转。”

“啊，你在画原创呢。什么时候发表？”

“大概年末？不过其他的也在画。”

“欸，真够努力的。不过我认为茉莉一定能成为漫画家。无论搞笑还是严肃类型的都很有趣，不管少女漫画还是少年漫画都会往好的方向发展的。”

"沙苗这么一说，我就有自信了。"

"真的？不过做专业漫画还是很严格的。我最近不是开始做给小说画插图的工作了吗，订单太多有点烦人。不过嘛……赚钱真的很不容易。"

"对啊，我还在想，现在才意识到这点，我们到底怎么回事。"

两张不好意思的脸相互对望，两人一齐笑出了声。

重新冲泡红茶的当口，茉莉感受到了沙苗的视线，扬起脸，只见沙苗正目不转睛地注视着自己。

"怎么了？"

"茉莉好像哪里变了。"

"嗯？哪里？难道是胖了？"

"不是，该怎么说，是那种女剑士脱下了铠甲的感觉。"

沙苗说得扬扬得意，茉莉却完全没能理解其中的意思。就在她皱眉思索沙苗所说的话时，沙苗继续道：

"就是一张'正在谈恋爱'的脸啦。"

沙苗声音清脆，茉莉却害羞到没法回话。

"我说茉莉，你会跟那位和人先生结婚吗？"

"……啊，对方可是世家的下任家主，我这种凡人跟他不般配吧？"

"虽然对于茶道的世界，我所知道的全都来自漫画，但应该很严格吧？干脆茉莉也去学起来？他们不是会招收学生吗？”

“嗯……我不是很清楚……”

茉莉欲言又止。搞过暗访活动、去过和人家这种事，她羞耻到说不出口。

“我最近在想，等到茉莉结婚的时候，婚纱交给我来做好不好？所以在我结婚的时候，也希望茉莉给我做婚纱。你看，之前蒂夏的那套婚纱，真的非常完美。”

前些日子动漫活动上穿的 Cos 服大受好评，登上了从前就为沙苗做特集的 Cosplay 杂志的封面，大家决定最近聚在一起庆祝一下。

“是吗？不过能上杂志封面还是把我吓了一跳。沙苗看上去好像演员。”

“不是我，因为那套婚纱是茉莉做的！茉莉太棒了！好不好，好不好嘛？婚纱！”

“嗯……那个……不过说到结婚……啊，难道说，沙苗的男友说了什么？”

沙苗一边听着房间里播放着的最新歌曲，一边戳起蒙布朗蛋糕上的栗子一口吞下。

“嗯，我要结婚。我是这么想的，他也说那就结婚吧。他会放任我做御宅族，还认同我的画，除了他，应该没人能做到这些了……”

“是吗？恭喜你！”

“是他对我说的，不要总说‘只要现在开心就好’。开心是很好，做让自己开心的事他也很赞成，但他不喜欢‘只要现在开心就好’这种说法。”

“所以你才开始做插画的工作？”

“嗯。小月也说我可以直接走职业路线，但我画画从来没有过限制……之类的东西，还是感觉有点恐怖，所以先从插画开始入手。虽说不是什么完全让人乐在其中的工作……但也让我稍微看到了一些自己的前途。”

“这样啊。”

“画自己喜欢的漫画，玩 Cosplay 时‘哇——！’的感觉最让我喜欢了。但脑海的某处一直在想，永远‘哇——！’着生活好像办不到……所以我下定决心抓住核心。只不过，我觉得以此为契机踏出了关键一步真的很好。对于能够迈出这一步的自己也稍稍感到放心了。”

“沙苗是那种能够逐步开拓出自己道路的人。太棒了……”

“因为谁也不能帮你开拓道路啊。只有年龄渐长才能深切体会到这点。”

沙苗害羞地说完，将剩下的蒙布朗蛋糕一扫而尽。茉莉也把提拉米苏送入口中，甘甜中带微苦的滋味仿佛浸透到了体内。

7月7日的七夕之夜，茉莉与和人在台场的酒店中相聚。和人只在晚上有空，为了与和人见面，这次由茉莉预约了客房。

“生日快乐。”

“谢谢。”

桌上摆满了菜品和蛋糕，全是茉莉在家做好带过来的。两人打开白天买来的葡萄酒，碰了杯，和人开心得笑容满面。

“我遵守了约定哦。”

茉莉边往和人喝空的酒杯中倒酒，边低喃着。

“约定？约定了什么来着？”

“去年我生日那天，你不是打了电话给我吗？当时我说过，明年阿和君的生日当天一定要对你说一句‘生日快乐’。”

“啊，想起来了。就是那个连打个电话都紧张得要死的家伙吗？”

和人端着以鲜红水灵的番茄跟纯白的乳花干酪做的卡布里沙拉，面露苦笑。

“茉莉的姐姐……是叫桔梗吧？我偶然看到桔梗在超市跟新谷说话。当时我差不多都准备放弃茉莉了，发邮件给你也不回，电话也不接，心里直想‘啊，果然她在东京有男人了’。”

“对不起。”

茉莉缩起肩膀，和人边朝炖牛肉伸手，边继续说：

“我就埋伏在超市外等你姐姐走出来……啊，搞得像跟踪狂一样……然后，先是说了下诸如‘茉莉在同学会后还好吗’之类的话，然后表示自己马上要来东京，想跟你取得联系，你姐姐就把电话号码告诉我了。”

“桔梗完全不会怀疑别人。不过阿和君看上去也不像坏男人，一副人畜无害的样子。”

“你这是在夸我吗？”

和人不服似的捉住茉莉的手与她十指交缠，茉莉轻轻颔首。

“是在夸你。我就是喜欢你这种类型的。快尝尝看烤牛肉，我可是很努力地做的。”

“茉莉很会做菜呢。”

“是桔梗很会做，她教我的。桔梗头脑很好，只要做过一遍的菜就能全部记住，所以她的烹饪书和自制的烹饪笔记全部留在了家里，我只是照着做而已。”

“太好吃了。”

“真的？但还是桔梗做的比较好吃。要是跟桔梗认真多学一些就好了……”

“还是茉莉做的更好吃。”

和人制止了茉莉想说出口的话。两人视线交合，他露出了人畜无害的笑容。茉莉则回应般地眯起双眼。

“比桔梗做得还好”——自从当年街头的超市举办“母亲肖像绘图大赛”以来，就再没听人说过这句话了。小时候，姐妹俩为参加“母亲节企划”所画的画，茉莉的总是贴在比桔梗的更高的位置。在画展结束前，茉莉每天都会跑去现场看画。当时，超市的小哥曾说“你画得真好，比姐姐画的好得多”，这也成了她喜爱绘画的契机。

“茉莉？”

“嗯。啊，切开吧？”

“嗯。”

希望练习了好几次的烤牛肉能让和人狼吞虎咽到面颊鼓起来——带着这种祈祷般的心情，茉莉凝视着对方。和人咀嚼了一番，登时双眼放光，使得茉莉内心雀跃不已。

和人从床上伸长手臂，去拿床头柜上放着的五颜六色的折纸。

“我们来写短册[1]吧。”

---

1 短册：切成长条形的五色纸笺，在七夕当天在短册上写下心愿并挂在竹子上，用以许愿。

“……因为是七夕啊。”

“茉莉的心愿是什么？”

“这个嘛……希望梦想实现吧。阿和君呢？”

“那就，希望在秋季茶会之前提升点茶水平。”

两人在同一个枕头上额头抵着额头，冲彼此微笑。

他们下床披上长袍，在客房准备好的短册上写下各自的愿望，系在阳台上那根小小的竹子上。

“啊，我还有其他的。”

“你太贪心了！”

和人背过身，啪嗒啪嗒地返回室内。

茉莉注视起了系在竹子上那张和人用漂亮的笔迹写下的心愿。抬头望天，在海湾大桥照明下的夜空，一颗星星都看不见。

“写好了。”

和人重新走回阳台，手中的新短册上写着——“希望我们两人永远在一起。”

“这是我最大的心愿。”

和人忙着往竹子上系短册，茉莉看着他的指尖，嘴角微微上扬。和人自始至终不变的纯真撞击着茉莉的心，仿佛要让她的心就此破碎。

我的愿望中没有“两人”。

“无论如何请让和人获得幸福。”七夕清晨，我在商业街摆出的竹子上挂了这样一张短册。

这是我唯一的心愿。

这是除祈愿以外无能为力的，我的心愿。

十九

夏季真正到来的时候，轮到茉莉过生日了。和人送她的是情侣对戒。

两人在迪士尼海洋公园[1]玩了一整天，直接在园内的酒店入住。在炎炎烈日下来回走动，使得茉莉体力透支。而当疲倦达到顶峰时却几乎睡不着，她睁眼一看，床头柜上的时针已指向凌晨两点多，日期刚刚进入 8 月 2 日。茉莉短暂地注视了片刻和人的睡脸，又把右手举向半空。在脚边地灯的薄弱光线中，戴在手指上的戒指朦胧可见。

1 东京迪士尼乐园分为两座，分别是 Disney Land 和 Disney Sea。

戒指是蒂芙尼[1]的新款。之前才在杂志上见过，此刻就戴在了她的指间。和人为两人能有同款戒指而天真地欣喜若狂，他的这个特点，自从两人相遇以来就不曾改变，纯洁到令人爱怜。

“……”

她把手紧握成拳。

是时候该分手了。继续待在一起，只会让和人受伤，而爱到喘不过气的自己则会死去。

同床共枕的和人正发出安然的鼻息。在不分昼夜地勤奋练习，以及忙着各种杂事忙到不可开交的情况下，和人还是带她转遍了所有的主题游乐项目，他肯定也累坏了吧。茉莉将脸埋入他的颈部，闭上了眼。心脏扑通扑通地跳动着拍打皮肤的声音，使她无法入眠。

翌日，和人在走出酒店后突然想起来似的说：

“我们直接去秋叶原吧？”

“什么？”

“茉莉会去什么样的店？带我去啦。没有吗？那种——类型——的。”

---

1 蒂芙尼（Tiffany）：著名珠宝腕表品牌。

“没……干吗突然说这个……”

“有什么关系？好不好？就是，你会跟沙苗那些朋友一起去的地方，也带我去嘛。”

面对如同小狗摇尾乞怜般的和人，茉莉明显地心不甘情不愿。

“还是不要了……水很深的……”

“没问题，我有免疫。”

“什么叫免疫……你打过什么疫苗？”

“大学的研讨会上有一个电脑宅人，他常带我去。”

“……国立大学理科专业的电脑宅跟动漫宅，感觉是两个概念……”

“不行吗？”

“别摆着这种脸说这种话！”

被和人那对小狗般乌黑的双眼盯着直看，茉莉根本无从拒绝。

最终两人还是来到了秋叶原，和人跟昨天一样，兴高采烈地向前走，茉莉则打着小小的哈欠跟在他身后。走在掩藏不住御宅族氛围的街道上，和人像在观摩附加节目似的，边走边看。

和人说什么都想去茉莉常去的店看看，怎么说也不听，茉莉只得无可奈何地将他带了过去。

“阿和君不讨厌那种——类型——的吗？还是放任？”

“不是放任，就是想看看茉莉喜欢的东西。我啊，往很多方面都出过手，认识很多像茉莉这样的人。大家全都非常投入，并且乐在其中。我觉得这样真的非常棒，因为我就做不到。所以不管是冲浪、田径，还是动漫，对我来说都没区别。”

“心可真宽。”

“我对茉莉会很宽大的。因为我爱上你了。”

“……”

“别害羞啊。”

“才没害羞。”

茉莉背过脸去。在秋叶原的中心被低诉爱语，使得一股难为情的害羞掠过全身。

茉莉将和人带去了一家 Cosplay 玩家御用店。这里除服装以外，从假发到小装饰品、化妆用品也一应俱全。

刚一进门，店内所营造出的独特热闹气氛，便让不为小事所动的和人不禁瞪大了双眼。他呆站在陈列着色彩鲜艳的假发的展示柜前，嘴巴张得老大。当和人察觉茉莉正不安地注视着他时，他含糊地笑了笑。

“咦？茉莉？”

柜台方向突然传来呼唤声，和人与现场的客人一起转头。一下子暴露了自己是这里的常客这件事，茉莉很不好意思。

“你男朋友？”

“啊……是……”

“他也是 Coser？”

“不！就是个普通人。说是……无论如何都想来看看……对不起。”

“没事、没事，看上去很开心嘛。”

在茉莉转开视线的当口，和人已经往另一边的服装专区巡视了起来。他大约是找到了眼熟的动漫服装，拿在手上上上下下地打量。看着和人感慨地发出“喔——”“哇——”之类的感叹，身着朋克风时装、从头到脚标榜自我主张的店员不由咯咯直笑。

“啊，茉莉，快看这个！”

店员从柜台下端取出 Cosplay 杂志，就见被印在封面上的沙苗和月野。

“这几套衣服超赞的，店长都夸个没完。如果茉莉不画漫画了，我肯定要把你挖到我们店里来。大家对夏季的服装也很期待哦。”

“这有点……办不到。”

“不过话说回来，这套衣服做得真棒。能把这套穿得这么漂亮的姬华是很赞，但能把服装忠实还原、制作出来的茉莉也很棒！”

“咦？什么？”

和人突然插入对话之中。

“啊，这是蒂夏和利利亚，婚礼上的那套。”

“哦，你男朋友居然懂？”

“是，我也在看。”

“他好像从小就很喜欢 Crobo 系列。”

茉莉补充道，和人则带着亲切的笑容点头。

“这个就是沙苗。”

“咦？哇，好可爱！”

“然后，制作这套衣服的就是茉莉。”

店员轮流指了指服装和茉莉，和人再度目不转睛地盯着杂志看了一会儿，随即发出惊叹声：

“好赞！”

和人欢呼出声，茉莉则缩起了肩膀，店员继续咯咯笑。

等到店员被客人喊走，和人依旧盯着杂志猛看。

“太棒了，简直跟电视上看到的一模一样。居然能忠实还原到这种程度，到底是怎么做的？而且这套衣服不是只在一集中出现过吗？”

“嗯……我录了下来，暂停后做设计……然后在主页等地方检索那些细节……”

“哦……茉莉果然手很巧。无论是工作还是这方面都能取得成功。你所在的就是类似企划部的地方吧？”

“嗯……是啊……”

“不过茉莉的梦想是画画呢，但真的太赞了。”

“我说你们两位，要不要试穿看看？”

店员从另一头传来的声音引得两人一齐转头。

“既然喜欢 Crobo，要不要试试？”

“我穿，我穿！让我穿！”

“喂，阿和君！”

“有什么关系？还有那个，利利亚的军装！”

和人兴致勃勃地朝店员的方向走去，茉莉只能长叹一口气。

等到和人从试衣间出来，不光店员，就连一旁的女性顾客也骚动了起来。

“哇！太合身了！你男朋友超帅！”

“是吗？这身衣服实在太棒了，简直跟角色身上的一样。”

而茉莉本人不仅震惊于和人居然玩起了 Cosplay，还因他实在过于帅气而震惊得浑身僵硬。

“怎么样？”

“……那个……”

“茉莉也换一套吧？干脆直接穿成女主角蒂夏，好不好？”

“啊，这样好！正好我们有，蒂夏最新的套装也有！”

“欸，不用了，我就不用了！蒂夏不适合我！”

茉莉焦急地说道，和人则略歪了歪头。

“你没穿过？”

“沙苗那种类型的软妹穿起来才可爱，这个跟我一点都不搭……”

“难道茉莉不是软妹吗？”

“那当然！我又不像沙苗那么纤细可爱……”

“我觉得茉莉比较好。”

和人重复着同样的话语，又莞尔一笑。

“茉莉，你穿穿看吧？你也很可爱的。”

“就是说啊。”

和人分明说得很不知害羞，店员却爆笑着将茉莉连带服装一起硬推进更衣室。茉莉不情愿地套上袖子，拉上背后的拉链，转身看了看镜中的自己。初次穿上女主角的服装，她十分担忧是否合适，心跳个不停。

“茉莉，穿好了吗？”

“啊，嗯。”

“茉莉，赶快出来！”

在店员的俏皮话中，茉莉小心翼翼地拉开门帘。这次轮到和人遭到冲击，继而浑身僵硬起来。

两天一夜的生日会即将愉快地落下帷幕。走下电车，茉莉如往常一般在站台上微笑着说“谢谢”。

今天也不许我送你回家啊——和人内心暗忖。他试图迈出那一步，却又迈不出去，不管怎样靠近都无法消除隔阂。和人为两人之间的距离而焦心。记忆中的茉莉曾是一个能和所有人打成一片、健康开朗的女孩；而现如今，一旦想要进入她的心扉，她便将心门反手一关，在里面露出微笑。所以自己才会买来对戒。至于茉莉为何会如此，和人能想到的理由只有一个——对于 7 年前自己爱过的女孩所说的话,和人至今难以忘怀。茉莉恐怕也对“家主”的头衔产生了某种恐慌吧。

“谢谢你今天带我去了自己喜欢的地方，我很开心。”

“哪有那么开心？感觉比被人看光了还要羞耻。”

看着苦笑的茉莉，和人一瞬笑了出来，随即收敛了表情，尽量留意着，以不太严肃的方式说道：

“下次要不要去我喜欢的地方？”

“嗯？哪里？”

茉莉探出身子，脸上闪着光。

“到我家去，希望你能喝一杯我点的茶。”

“……啊，啊，但我对茶道的做法完全……”

“你不需要做任何事，又不是让你在其他人面前喝。因为我还在修行中……但我想让茉莉看看，看看我到底在做些什么。是茉莉推着我迈出了这一步，也是你训斥我四处逃避，所以我一直想让茉莉看看……不行吗？”

此刻和人所流露的，并非招牌的小狗般的眼神，而是男人认真的神色。茉莉无意识地触摸起右手的戒指。她有一种预感，肯定会发生更多的事，身体不禁微微一颤。万一跟和人的母亲碰面，情况就更糟了。

“茉莉……”

“……嗯，好的……”

和人露出松了口气的表情，使得茉莉的罪恶感更重。

“快回去吧，路上小心。明天的工作也要加油。”

“谢谢，阿和君也是。”

“好，之后我们通电话。”

茉莉颔首并轻轻微笑，随即转身。

站台上回响着茉莉的凉鞋敲击地面的声响。和人目不转睛地目送着她的背影。音乐旋律响起，电车进站，茉莉则朝检票口走去。和人斜眼留意着电车，依旧目送着茉莉——他在等待茉莉如往常那般，走到检票口前端再次回头。

电车进站，乘客不停上下车。茉莉混在人群之中的背影变得有些模糊，和人甩甩头继续注视着。

她并没有回头。在不断走出检票口的人群中，茉莉停下了脚步。

就在电车门关闭的瞬间，在仍然立在站台上的和人的视野中，茉莉扑通一声倒地。

“茉莉！”

和人慌忙冲过去抱起她，茉莉早已失去了意识。

医院的等候室内响起脚步声。和人抬起头，意识到是茉莉的父母赶了过来。

“茉莉呢？”

“啊……那个，总之已经处理好了。好像是贫血。”

“贫血啊……”

茉莉的父母带着无比骇人的表情冲进来，随即又夸张地安下心来。这也难怪，听到女儿失去意识被送到医院，任谁都会大惊失色的。想到这里，和人端正了身体低头致意。

“都怪我带着茉莉小姐到处走，真是非常抱歉。”

“就是你联络我们的？”

“我叫真部和人，大约从半年前开始与茉莉小姐交往。我们是在群马时期的小学同学，在茉莉小姐前往您家长女家的时候重逢。目前我住在位于神田的本家。”

“这样啊……原来茉莉有男朋友。”

母亲的脸上总算绽出了笑容，父亲则是一派茫然自失的模样。

“茉莉呢？”

“啊，在那边的诊疗室，现在还打着点滴睡着。为了不吵醒她，我才待在这边。啊，还有，医生建议最好将她转送到御茶水的大学医院……对方好像在茉莉小姐的钱包里找到了那边的挂号证，跟那边取得了联系。”

“我明白了，今天多谢你。你请回吧。”

“不，请允许我待在她身边。”

“三个人全都待在她身边陪护会给医院添麻烦的。”

“孩子她爸，别这样……”

母亲出言劝解，父亲可怕的表情却纹丝不动。果然，哪怕茉莉不同意，也还是应该登门拜访的——和人有些后悔。

母亲说着“我去看看茉莉”后走进诊疗室，留下两个面面相觑、表情紧绷的男人。

“你是真部君，对吧？”

“是的。不曾登门拜访真的非常……”

“登门拜访就不必了。你能让茉莉有这样的心情，我就很高兴了。我就希望她的身边能有个能令她安心的人。”

在茉莉父亲的催促下，和人重新落座。盯着女儿认定的男人好一通端详，带着干练感的父亲脸色才有所缓和。然而，他所流露的绝非发自内心的欣喜——绝非父亲特有的嫉妒，而是某种更深层次的、类似悲伤的感情。

“你真的能够接受茉莉吗？”

“什么……？”

“那孩子已经 27 岁了。她的时间所剩无几，即便如此，你还是会选择茉莉吗？”

“那个……抱歉，我听不懂您的意思。”

茉莉父亲看向和人，跟困惑的和人四目相对。父亲似乎想要说些什么，最终却选择沉默。

茉莉被转送到常去的医院，当即办理了住院。虽说住个两三天疗养一番就会好，父母还是决定去找主治医生谈谈，从而离开了病房。和人俯视着被单人病房那令人心慌的灯光照射着的茉莉，轻轻抚摸她的面颊。

她的父亲似乎想说些什么，却中途将话又咽了回去。面对茉莉父亲的强力反对，和人硬是低头请求才跟了过来。只不过是贫血，就让茉莉的父母和医生全都面色凝重，茉莉还直接住了院。

莫非之前的病症没有完全治好？思及茉莉胸前那道伤痕的触感，和人内心开始不安。

“……阿和……？”

茉莉醒了。和人急忙探出身体看向她。

“茉莉……感觉怎么样？有没有哪里痛？”

“我没事……这里……”

茉莉转动视线，随即问了句：“医院？”和人点头，就见茉莉以无比悲哀的眼神朝他看来。

“对不起……”

“为什么？”

“给你添麻烦了吧……”

“完全没有。”

“但……难得这么开心……”

“真的很开心，找时间再去吧。”

茉莉用力点头。留意到她勉强自己在笑之后，和人温柔地用手掌包裹住她的面颊。

“有什么想说的就说，如果想睡就赶快睡。”

“……现在几点了？”

“大概十一点半。”

“你该回去了……我没事的。没什么大问题，你不必担心。阿和君不是还要练习吗？”

“我待在你身边。”

“我没事的。就是昨天没怎么睡，之前太开心了，也没睡好……所以没什么大碍。只要睡一觉就没事了。”

“那就睡吧。”

和人握住茉莉的右手，两人的戒指轻碰了一下。

“但你……”

“我跟家里联系过了。你别净替我操心。”

“但……已经太晚了……”

“我没事的。你可以更加依赖我一些。有些事是比较难开口，但还是希望你能够告诉我。茉莉，你是我的第一顺位，因此不必有任何顾虑。”

茉莉的双眼逐渐湿润，泪水向眼眶两侧流去，和人以指尖将其拭去。

“我喜欢茉莉。比起初恋时的你，我更喜欢现在的茉莉。”

和人将双唇凑了上来，茉莉立即伸手搂住他的脖颈。两人紧紧相拥，茉莉用力攥紧了和人的衬衫。

“对不起……”

“你不必道歉，没必要为这事道歉。”

“但……”

“茉莉想让我怎么做？茉莉也该对我有所希望，不然就太不公平了，总是我在对茉莉有所期待。”

“才没这回事……现在的阿和君就很好了……继续保持下去。”

“这是你的期望？”

两人身体分开，视线交合，茉莉小心翼翼地用双手捧起和人的面颊。和人感受到她双手的颤抖。

“继续保持下去。阿和君要永远、永远这样。相信自己前进的道路，继续茶道的练习……做一个温柔又温暖的人。”

“嗯。”

“我们说好了，你不可以再逃避。”

“嗯，我知道了。”

“不会再崩溃了吧？”

“啊，不会了。因为我有茉莉。”

茉莉开始扑簌簌地掉泪，同时又吸着鼻子浅浅一笑。将脸埋入和人的肩头，茉莉再度说道：

“……不要再崩溃了哦。”

她的声音听上去无比悲伤，和人不由焦虑地抱紧了茉莉。在病房那微弱的灯光中，茉莉仿佛立刻就会消失不见。

到极限了。说谎让我感到疲惫。所以我想要睡了。

那不是被勒紧的窒息，而是跑到终点时的疲劳感。虽然疲惫不堪，却十分满足。

接下去只要向深爱的人们道一声谢，然后，就让我睡去吧。

二十

原本只要两三天的住院时间，果不其然延长了。动漫活动也没法参加了。在向沙苗致歉后，沙苗将做好的 Cos 服直接从茉莉家中拿走。活动当天，沙苗将拍摄的照片统统打印出来，带上月野等人一齐前来医院探望茉莉。

和人只要一有时间，哪怕只有一个小时都要来见茉莉，并且总会带来她喜欢的东西送给她。

这次住院持续了三周。躺在久违了的病房里，茉莉开始拼命思考今后的事宜。尽管和人每次前来都会给她造成巨大的心情波动，然而同时，身在病房的和人又让她想起礼子的丈夫，这也使得茉莉下定了决心。

在处暑终于退场、吹起秋风的时节，茉莉前去和人家赴约。熟悉的大门前站着和人，他身着嫩叶绿色的和服，配深褐色的和服袴，披着比和服颜色深一些的羽织[1]。

“欢迎光临。”

“看上去好像换了个人。”

“得先从行头开始。”

顺着和人的指引，茉莉穿过正门。与一年前不同的是，大宅内一片寂静，即便如此，精心打理的典雅庭院仍然保持原样。

“你一点都不吃惊吗？”

“什么？”

“第一次来的人大多都会吃惊的。”

“……这不是我第一次来。”

和人不禁一愣。茉莉指向西式建筑的方向，戏谑似的说道：

“就在那边的茶室，我参加过体验入门活动。”

“欸！你都没说过！”

“我是从来没说过。感觉不是很像跟踪狂吗？或许比跟踪狂

1 羽织：在日本传统和服中类似于外套，前身部分无法完全闭合，使用纽系结。

还过分，搞得跟侦察一样。”

“……这是什么时候的事？”

“去年秋天……对不起。”

“没事……就是有点吃惊……”

“刚开始我是很吃惊。好大的宅邸，光看上一眼大门就想转头回去。但我就是想看一看阿和君口中直说讨厌的地方，还真是恶趣味啊，真对不起。”

“没关系……虽然摆出一张毫无兴趣的脸，但当时你对我还是有些关心的嘛。”

“老实说，来这里让我有点怕。”

“今天谁都不在，所以你放心。全家人都去了外地，要到晚上才回来，帮佣今天也不过来。”

“竟然还有帮佣……”

“害怕了？”

“我是凡人嘛。”

和人带着柔和的微笑，抚摸茉莉的秀发。

来到被寂静所环绕的茶室，和人在茶釜面前落座。仅仅如此，室内便有了一种凛然的氛围。

“你可以放松，不必勉强自己正坐，也不必在意坐法。”

“嗯，好的。”

虽然茉莉点头表示知道了，却仍将脊背挺得笔直，姿势半点不崩。

“请用和果子。这是栗子金团，很好吃的。”

茉莉从和人手中取过怀纸，从果子器中取出茶巾绞[1]形状的栗子金团。

“我开动了。”

行了一个礼，就见茶釜前端的和人温柔地笑着。

和人的“点前”正式开始，技艺相当熟练，双手仿若拥有意志似的行动着。茉莉聆听点茶中响起的悦耳声音，感受到了见他母亲时体会过的感动。

一连串的动作下来，茉莉目不转睛，没有看漏半点。身处凛然寂静之中的和人，当真是个不带迷惘的美丽的存在。

至于壁龛中的插花、挂轴、茶碗的价值和意义，茉莉全然不明，然而这些必然存在于和人的心意之中。只要想到这一切都是为了自己考虑、为了自己所准备的，茉莉的内心就被紧紧地绞住。小小的房间内充满了和人的爱意。

茉莉以右手接过递来的茶碗，并以左手承接。她笨拙的动作令和人不由得嘴角上扬。

1　茶巾绞：用于日式茶道中，用茶巾包住馅拧出来的、带有布纹褶的点心。

"我开动了。"

和人注视着端坐在眼前的茉莉。这天他决定一定要穿和服，想必茉莉会打扮得很漂亮。虽说不是和服，但茉莉穿了优雅的裙装配上雪白的袜子，这份顾虑让他十分开心。果然非她不可——和人微笑着注视眼前与不习惯的坐法苦斗的茉莉。

将茶碗转了两圈，分几口饮下，以指尖轻轻擦拭茶碗被嘴唇触碰过的部分，再用怀纸擦拭指尖。将茶碗正面朝向自己，交还给对方并轻轻放下，茉莉双手撑地，仔细端详着以白为底色、描绘着红色流线的茶碗。

"这茶碗真漂亮。"

"到了冬天，再一起去滑雪吧。"

"什么？"

"不是很像滑雪板留下的痕迹吗？茶碗的花纹。"

"……就因为这种理由？"

"就因为这种理由。"

和人说得斩钉截铁，茉莉不由得笑喷了。

"这又有什么关系？"

"是啊，真容易理解。真的太好喝了，多谢款待。"

茉莉低头致意，和人郑重地回礼。

走出茶室，两人来到庭院。精心打理的庭院残留着些许昨夜落雨的味道。

“茉莉已经非常熟练了哦。”

“是吗？只在上次学过那么一回，也就是说，是你母亲教得出色。”

“干脆来这里练习茶道吧？”

“欸？”

茉莉停下脚步，就见和人转头看她。走过满是青苔的垫脚石，可以看到一座外腰挂[1]。腰挂被绿叶所覆盖，现在山茶花尚未开放。和人示意茉莉落座。清爽的秋风吹拂着绿叶沙沙作响。

“我会配合你的工作时间。虽然还没到可以传授技艺的程度，但只要是私人传授，谁也不会说什么的……我们可以慢慢来，想不想学？”

“阿和君要教我吗？”

“嗯，算是回归社会……不行吗？”

“这样一来，我们见面的时间就变多了。”

“这样吗？”

和人不假思索地猛点头，茉莉却无法立即给出答复。茉莉沉

1　外腰挂：日式庭院中的茅草亭子，为宾客们的等候区。

默不语，带着一副不知在思索什么的表情眺望庭院。和人的视线朝她的指尖一瞥，发现先前还戴在手上的戒指不见了踪影。他突然感到一阵不安。

“对不起，茶道练习什么的真的无所谓了……”

“欸？无所谓了？”

茉莉柔和的笑意使得和人越发不安。他焦躁地探出身子。

“茉莉，跟我结婚吧。”

“……”

“跟我在一起，不习惯的事肯定堆积如山，但我会全部教会你的。我会努力，让茉莉没有任何负担，也不会让你感到混乱，我会全力支持你的。”

“工作呢？要辞掉吗？”

“啊……这个……”

眼见和人张口结舌，茉莉循循善诱似的笑着说。

“阿和君，不要什么都自己来背负好不好？你有过前女友，当时是不是也对她说过这样的话？阿和君真的不必这么拼命。肯定会有那么一个人，只要能在阿和君的身边就会不停地努力。茶道的世界很复杂，但肯定会出现这样一个人的。”

“茉莉……？”

和人不懂她想要说些什么。

“对不起，我不是那样的人。”

“这是……因为工作？”

“嗯。有很多事，我都不得不向阿和君道歉。今天来这里，就是为了把所有的事都说清楚。”

茉莉的双眼向他看来。在她的视线中，和人惊愕得身体一僵。不祥的预感应验了。他早就意识到，茉莉口中不会说出任何他想听到的话。

“虽然阿和君说过自己讨厌谎言，我却一直在骗你。”

“骗我……？”

“对。我没有工作，既不是什么服装公司的员工，也从来没上过班……因为身体垮了，所以不能工作。身上的伤疤其实是7年前的手术痕迹，发病是在短大时期，然后……”

“……这样啊……到底哪里不好？……能把病名告诉我吗？”

“就算我说了你肯定也不知道。最糟糕的主要是肺部……但各个器官都在恶化，具体哪里不好我也不清楚。”

茉莉缩紧肩膀，浅浅一笑。

她曾在网络上和医院的资料室拼命查阅，也曾有过不顾一切地想要理解自己的身体状况的时期。然而最终，真正能够理解的只有“病情具有遗传性”，以及“尚未找到治疗方法”这两点。

越是调查，越是想要面对疾病，就越靠近死亡，希望也越渺茫。

恐怕正如姑母们所谈论的那样，她会咳到停不下来，最终呼吸衰竭，痛苦地死去吧。

“我的病，没能完全治好。”

一瞬垂头丧气的和人猛地抬头。茉莉直截了当地说道：

“已经治不好了。所以，我无法像阿和君这样背负同样的东西。我没有这种力量。”

“治不好了……什么？治不好的疾病到底……”

“会死的。”

“……”

和人的表情一变。只见他瞪大了双眼，如同跟父母走丢的、猛然意识到自己迷路了的孩子。

“会死？”

“对，会死。我会死。”

“怎、怎么会……”

“因为病治不好。”

茉莉抬头看着霍地站起身的和人，用没有抑扬顿挫的声音回答。和人面露困惑。

“治不好……药呢？赶紧住院去好好治疗！这样一来……”

“全都做过了。全都做过，然而还是治不好。在现今的世界上，没有哪种药能够治好我的病。所以我会死。”

“为什么……”

“这都是命中注定的。”

“命中注定？”

“对，就像你出生在茶道世家就得会点茶一样。自从我出生，就命中注定要因这种病而死去。”

“不对！点茶是我自己的选择！茉莉有选择过去死吗？！为什么偏偏是茉莉……为什么？都是因为这段时间的错？是我的错？”

和人跪倒在茉莉面前，一对泫然欲泣的眼睛朝她看来。茉莉出人意料的一番话在他的思考中散乱成一团，无法拼出完整的形状。茉莉把另一只手也用上，将混乱的和人的手紧紧包拢在自己掌心。

“完全不是阿和君的错，你一点错都没有。”

“但我，带着你到处乱跑……都怪我完全没考虑过茉莉的身体……”

“就是为了不让你考虑这些，我才一直撒谎的。对不起，真的对不起。”

“茉莉……茉莉，不要啊，别死……世界上绝对不存在治不好的病，我会去打听的。我会去医院，托老爸的关系，去找最厉害的教授询问。”

“……我的主治医生是个很了不起的人，但还是治不好我。所以我会死，所以我也没办法跟阿和君结婚。我们不能继续在一起了。”

“为什么？为什么要把一切都舍弃掉？肯定有我能做到的事吧？为了茉莉，我什么都能做到。”

面对拼死挽留的和人，茉莉安抚般地笑了。那纯洁如圣母的笑容，将和人伤得更深。

“已经够了。你已经为我做过太多太多。最后的回忆……阿和君帮我实现了太多我早已放弃的事……谢谢你让我做你的女朋友。”

“不要……我已经决定了，要让茉莉做我的新娘，所以不要啊。”

“对不起，我不行了。我无能为力。戒指还给你，但还是谢谢，我很开心。”

茉莉轻轻地把银质戒指放在椅子上，一点点地将和人的手抽离，站起身来。绝对不能哭，为此她将嘴唇咬到生疼。全身都粉身碎骨般地剧痛无比。她背向和人，轻轻地战栗了一下。

“茉莉……你为什么知道自己一定会死……”

“……医生告诉我，剩下的生命只有 10 年。从那之后已经过去了 7 年，所以还剩 3 年。”

“3 年后你会死？”

“没错。”

“……为什么，茉莉，为什么啊……”

她无法回答。然而正因为和人说了这样一番话，茉莉感觉自己得到了救赎。

茉莉头也不回地留下一句“永别了”，将茫然自失的和人留在身后，离开庭院。她快步穿过大门，背朝宅邸而去。

是你让原本唯有“死”才代表“安息”的我活了下来。

所以，我不再惧怕死亡。

“死去”当然很可怕。

正因如此，我才能在此时此刻真实地感受到自己还活着。

和人——谢谢你。

二十一

“红叶很美，要不要过来？”——一周后，桔梗发来邀请，茉莉欣然答应。这一周内气温骤降，树叶转眼间染上了秋色。

和在家一样，在桔梗家茉莉也无法完全欢闹起来。应该笑的时候笑不出来，越是想着不能让人担心，越是无法很好地掩饰。先前还能做到的事，如今也做不好了。

茉莉告诉自己必须做点什么。她走出姐姐家，一边闲逛，一边眺望秋季的天空。

失去和人之后，她初次痛切地感受到，他早已是她生活、内心全部的中心。

她意识恍惚地走在银杏树并排的林荫道上。这是一个工作日的午后，时间缓慢流动，四周静悄悄的，唯有茉莉踩着落叶发出悦耳动听的沙沙声。

她沿着长长的林荫道慢慢走着，身后传来节奏凌乱的声音。光听就知道是谁踩着落叶的声音。

“茉莉。”

被那个声音突然唤住，茉莉不禁屏住了呼吸。她战战兢兢地转过头，就见和人站在那里。

“……阿和君……”

“我又做了像跟踪狂一样的事。”

和人露出孩童般的笑意，略微歪了歪头。两人明明才分开一周，却令人想念到热泪盈眶。

“为什么……？”

“我想见你。”

“就追到了这里……？”

“向你父母打听的。对不起。”

“……”

“我考虑过了，考虑了很多。就像决定回归本家一样，一直在考虑。”

“考虑什么……”

“关于你。”

和人说得万分干脆。茉莉内心被紧紧绞住，当真快要哭出来了。停止下来的一切仿佛都在此刻开始重新运转。

“你的父母把关于病情的事也告诉我了。我还去过医院。然后再经过了一番思考，才来到了这里。”

“你都清楚了？我没有再说过一句谎话。”

“嗯，都清楚了。奇迹应该是不会发生的。”

“虽然我都等待了 7 年了……”

和人缓缓地朝苦笑着的茉莉靠近。两人视线交合，似乎能从中感受到彼此的体温。

“我们结婚吧。3 年足够了。茉莉能把最后的时间都交给我吗？这 3 年中，我会好好照顾你的，也会事事以你为重。所以，跟我结婚吧。”

泪水在眼眶中聚拢，随即簌簌落下。眼见和人向自己伸手，茉莉赶紧慌忙擦拭，扭过头去。

“不行，我不同意。”

“为什么？两个人总比一个人强。”

“死的时候会是一个人，所以我不要。我绝对不要阿和君来为我送终。”

“难道我靠不住吗？”

和人皱起脸，茉莉拭去泪水，意志坚决地抬头看他。

“阿和君的人生不会在3年后终结，你的人生之路还有好几年、好几十年要走。我希望你能找一个相爱的人，生孩子，能够活在各种各样的梦想之中。”

“我想跟茉莉实现这些梦想，除了茉莉，我不会考虑其他人的！”

“我是生不了孩子的。今后病情只会逐步恶化，最后变得束手无策。就连跟阿和君一起见证梦想、一起描绘将来都做不到，这样你也能接受？我可不要。我不想让阿和君看着这样的我死去。死亡一点都不戏剧性，都会消失的，再也无法像现在这样触碰彼此了。哪怕阿和君会难受，我也无法再拥抱你了。我会永远消失，死亡就是这么回事，你明白吗？”

茉莉触碰着和人一边的面颊，目不转睛地注视着他，表情似悲似怒。

“而且，只要跟阿和君在一起，我就会害怕死亡，剩下的3年里，我会抱着‘不想死’的心情胆战心惊地度过。我决不要这样，不想要因为有你而恐惧死亡的人生。所以，我们分手吧。”

“茉莉……你不怕死？”

“……不怕。我的生存方式就是如此。”

“都没有执着了？”

“……在遇到阿和君之前确实如此。只要有一瞬的快乐就好……但现在不同了。现在的我，准备将快乐的、痛苦的、苦涩的事情全部接受。这就是我的生存方式。与其沦落成为让阿和君厌恶的女人，还是这样比较好。接受全部，拥有很多的挣扎与苦恼，但仍在努力。我想要努力生活。我再也不想逃避了。"

"……在你的生活中就没有我了？"

"……没了……我不需要依赖别人。"

"你就这么想要过无欲无求的生活？"

"这不叫无欲无求，而是回归普通。我要过的不是什么整日要死要活的日子，而是认真生活。虽说没法像健康的人那样，但我想要做更多的事；与其忍气吞声和卑躬屈膝，还不如尽全力去做事；这不是自暴自弃，而是在生活中寻找能做的事。做到不去攀比生活方式，而是寻找自我——所谓的'长大成人'不正是如此吗？就是这种……普通。"

"动漫也是？"

和人浅浅一笑，茉莉耸了耸肩。

"没错，只要是自己找到的乐趣就享受到底！快乐的事物就是快乐，能好好地体会这些，也很普通……"

"在这些普通的事物中，就没有我的位置了吗？"

和人迫近，茉莉立刻从他身边抽离。和人的言语不断击穿茉莉的觉悟。她将和人那双似乎一有机会就要伸过来抓住她的手给一把拂开，决绝地说：

“没有……”

“……我想要的不是什么孩子或者梦想，而是你！”

“……这办不到。”

“你不会寂寞吗？茉莉离开我之后不会寂寞吗？我会寂寞到发疯的。这是我认真的想法，哪怕舍弃整个家族也在所不惜。如果没有茉莉，全部的事都将变得毫无意义。”

和人破罐破摔般的发言使得茉莉猛地抬头。她用双手使劲扇打和人的面颊，随即又捧起他的脸。

在此瞬间，茉莉恍然大悟。

让和人“活下去”，这正是与和人相逢的意义。并非只有自己因和人而活了过来，自己也必须让和人活下去。

“好好活着！和人，必须好好活着！绝不能抛弃自己的选择，绝不能逃避，我们不是都约好了吗？你觉得为了我而抛弃一切就能让我高兴？你以为我会喜欢那样的你？别蠢了！”

“茉莉……”

“和人，你要活下去，从现在直到将来，都要一直活下去。如果抛弃这一切，我不会原谅你的。如果你把给我点的茶都舍弃掉，我饶不了你！明白吗，和人？你曾那么苦恼、那么迷惘，逃避了那么多年，最后还是选择了茶道。之前你不是对我说过吗，有想要去做的事是非常宝贵的，是一种恩惠。和人是自己选择走进茶道世界的吧？那里不一直是你憧憬的所在吗？如果你舍弃了茶道，一定会后悔的。别说得好像是为了我才这样做的一样，笨蛋！”

“……又说我笨……”

“你就是个一直说蠢话的笨蛋！和人不是什么神童，就是个笨蛋！”

茉莉捧住和人面颊的双手又用力拍打了起来。两人相交的视线中，流露出同样的神色——欢喜、悲哀、爱恋，全部传达给了对方。这是自从相逢以来，两人首次有了彼此相融的感觉。

“茉莉觉得，能跟我相遇真的……很好？能跟笨蛋一样的我在最贵重的时间相逢，真的很好？”

“真的很好……能够相遇就是幸福。谢谢你跟我在一起。”

“……这样啊……只要对你是有意义的就好。”

“如果下次你的纽扣再掉了，就要自己缝了哦。”

“嗯……”

“总有一天，你会遇到那个帮你缝纽扣的人的。”

和人的指尖抚上茉莉的耳畔，抚过面颊，又触到唇瓣，随即将脸凑近，两人最后一次接吻。

“你必须彻底放掉我。然后，喜欢上另一个人……好吗？”

"……好，只要是茉莉的心愿，我会听的。我们说好了。"

"对不起。不得不先死去，对不起。我的生命力这么弱，对不起……但我生命的最后爱上的人是阿和君，真是太好了……"

"你是我生命中第一个喜欢上的人。"

"谢谢……"

"如果转世重生——能这样说吗？"

"……又说……这种初中生才说的话……"

和人吸着鼻子笑了。茉莉紧紧抱住和人说道：

"转生之后，我的生命力一定会很强。到那时候，我再帮阿和君把掉了的纽扣缝上。"

"啊，我等你。"

两人相互拥抱，短暂地合上了眼。彼此的心跳在胸膛内响彻。"活着"就是一种幸福，然后一起梦想将来。"活着"的同时，两人也共有着"死亡"。

茉莉此生再无遗憾。"谢谢""对不起""我喜欢你"皆已传达出去。无论是生是死，她都不再害怕。

两人缓缓分开，视线再度交合。

茉莉的微笑温柔，和人则笑得天真无邪。

两人缓缓背对彼此，顺着银杏林荫道的左右两侧分别。沙沙的响声变得沉重，渐离渐远，最终彻底走远。

这是她最后一次见到和人。

这是他最后一次见到茉莉。

已经准备好赴死了。

接下来，只要把记录了我全部心意的笔记本丢掉就好。

还剩 3 年，做做看吧。这是和人教给我的。

“活着”本身，就是这么值得怜爱的一件事。

已经准备好赴死了。

因此接下来，就试着竭尽全力地活下去吧。

* * *

下雪了。

雪白的花朵从四角形窗户的外侧缓缓飘落。早间新闻的天气预报说准了。孩子们嬉闹的尖叫声从下方的门厅处传来，将视线挪到窗台之下，就见一群跟着家人前来探病却闲得发慌的孩子宣泄般地在入口处的柱子之间跑来跑去。使尽全身力气活蹦乱跳的孩子们，比今年的初雪还要耀眼美丽。

“高林小姐，下雪了。你冷不冷？要不要把空调温度调高一些？”

顺着传入房间的那个熟悉的声音，靠在枕上的头轻轻地摇了摇，表示拒绝。

“床要不要摇回去？”

“……现在这样就好。”

“不觉得难受吗？”

在用眼神传达了“不要紧”之后，负责看护的护士点了点头表示“了解”，确认过点滴的余量后走了出去。

一天之中，要将床头摇高好几次。让投向天花板的视线举高，直到能看到窗外。眺望一窗之隔的外面的世界，是封闭的每一个日子中最为珍贵的时间。

都市的雪，是虚幻缥缈的，飘着，飘着，就会忽然消失在空中。假如生命也能如此简单地忽然消失，那就可以安详地死去了——茉莉一边这样思索，一边看雪。

在这间远离普通病房的CCU内，除了医疗器械别无他物。便携式音乐播放器中的广播是唯一能够获取外界消息的途径。没有电视，没有书，在这里，一切的娱乐皆无必要。因为住在这里的人是没有体力去体会这一切的。

她入院时，窗外还飞舞着淡红色的樱花，当时她还能自己行走。

她在夏季来临前出院，但很快又因在家中发病而再度入院。

用药量达到极限，而现阶段没有新药。咳嗽始终停不下来，在使用了几个月抗生素后才得到扼制，持续的治疗不断考验着耐心。然而，病情恶化的速度仍是一点点、一点点地超过了药物发挥效果的速度。在这个过程中，细胞慢慢坏死，身体机能一点点丧失，生命的灯火一盏盏熄灭……身体确实在发生着变化。

以前只要增加药量、保持安静、谨遵医嘱，就能够改善状况。但现如今，无论如何全力以赴，丧失的机能都无法恢复如初。

她总以为，死亡会在某日突然降临，如同一柄锐利的斧子，斩断灵魂与肉体之间的关联。终结就在一瞬。

太天真了。

“死亡”是真实的，却只会缓慢逼近，令人焦急。

如今，她躺在这张无机物组成的病床上，一分一秒地活着。

打着两个以上的点滴，通过鼻管输送氧气，无法下床，也无法走出这间狭窄的病房，而她仍然没死，仍然活着。

这就是茉莉最后的时间。

煮鸡胸肉和蔬菜配上白饭——寡淡无味的午饭就这样结束了。食物方面的限制实在过多，没办法吃到喜爱的食物，因此进餐时间也变得毫无乐趣。

“今天吃得比平常多嘛。”

桔梗放下托盘，一边在水龙头下冲洗筷子和杯子，一边说。

“医生说过，不吃饭就不能撤掉营养点滴。就算不好吃，也得忍耐着吃掉。”

桔梗因妹妹并不高兴的回话而面露悲伤。茉莉最不想看到的就是这种情况。该悲伤的人是自己才对——茉莉的胸口被想要怒吼的感觉塞得满满的。然而今天，她有事要拜托桔梗。从病床一侧的架子上拿起剪刀，她拼命压制着焦躁感，用联络业务般的口吻说：“帮我把头发剪了吧。”

桔梗再度露出悲伤的神色，探头去看茉莉的脸。

“茉莉不是喜欢长发吗？你从来没剪过短发。”

“太碍事了。”

一听到茉莉毫无感情可言的声音，桔梗立刻像被击垮了一般垂下了头。

茉莉才要咂嘴，却又慌忙咬住嘴唇。咂嘴是失礼的行为——她至少还保持着这份理性。然而，“爱惜长发”这种女孩子的爱美之心，她早已遗失。她不再化妆，不再描眉，就连最后一次使用睫毛膏是什么时候都记不起来了。所谓“素颜即可耻”的感觉也早就丢失。医院里不时能看到几位化妆的老妇人，每当此时，她都会被“身为女人，我比那些老婆婆还要惨”的悲惨心境所折磨。

桔梗仍旧美丽，即便年龄增长，那张瓜子脸依旧皮肤紧绷，不失艳丽；细长的双眼和丰满的嘴唇，只要施以淡妆即可展现出华丽的美感。对茉莉而言，桔梗仍是自己引以为傲的姐姐，却又时不时地觉得她那份可爱动人看上去十分惹人厌烦。

“总之还是剪了吧，护士帮忙洗头也够辛苦的。”

“她们有说过很辛苦？”

“怎么可能说，但洗一次要花一小时呢。洗好后还要吹干，搞得我很累，都精疲力竭了。反正桔梗是不会理解的。”

从入住 CCU 起，她便开始以这种冷淡的态度说话了。

无法自由出入卫生间，却还要排尿和排便；不能泡澡，护士会为我在床上擦拭身体和洗头。在桔梗的帮助下，一头长发全部被剪掉了，既是因为不愿意太过麻烦护士，最重要的理由还是洗头外加弄干头发太费时间，搞得自己十分疲惫。看着头发短到不能再短的我，桔梗笑着表示“很合适哦”，声音却颤抖着，又带着哽咽。所谓“头发是女人的性命”这种话，只有那些有体力自己打理头发的人才说得出来。比起“女人的性命”，现在的我最要紧的是保存为数不多的体力。

如此，优先顺位逐渐改变了。每天我都在体会，身体机能被一点点地剥夺。原来做一些小事也需要身体机能的秩序。

“死亡”或许就是“退化”的尽头。

等待死亡缓缓而来的时间，形同地狱的拷问。每一日都清楚地看着自己的退化：无法使用的肌肉毫不留情地萎缩，手臂细到和手腕一般；肩骨完全凸出；一旦坐起来，没肉的臀部就被骨头硌到疼痛难忍；脚部、面颊也同样如此；曾经相当在意的“好想瘦下来”的部分也全部没了肉；胸部失去弹性，肋骨完全凸起。与之完全相反的，是体内多余的水分，使得全身唯有腹部异常地鼓胀凸出。这是一具幼儿般不均衡的身体。过去曾希望能够瘦下来，但不健康的瘦法只会让心情变糟。偷看镜子，一头少年般的短发衬托出的那张小脸上，唯有那双凹陷下去的眼珠还在泛光。如今映在镜中的我，是一个和从前的我既像又不像的妖怪似的存在。

每每看到镜中的自己，我都会想：没有最重要的人真是太好了，没让最喜欢的人看到这副面容真是太好了。再次确信，彼时的选择绝对没错。

（和人是不是也在看着这场雪呢……）

希望他能够沿着自己的道路笔直地走下去。这是我唯一的祈愿。

自从与和人分手，我开始拼命画漫画。哪怕投稿又落选，哪怕被经由月野介绍的出版社拒稿也不气馁、不放弃，一个劲儿地画个不停。如果让现在的我来形容当时的拼命，或许就是“想要留下些什么”吧。虽说夸张，但哪怕一样也好，我想要在世界上留下一些自己曾经活过的证明。其中之一就是画稿被出版社所留意，接受了专业人士的直接指导，经过多次改进，最终在杂志形同填补空白的版面上登载。画作得到了比当初预想还要多的读者的注意，其中也有月野和沙苗用自己的博客、SNS 大力宣传所起的作用。当然，其中也不乏恶评，受到多数好评的漫画最终连载了三回。我废寝忘食地画，哪怕被父亲叱责“当心身体”，还是画出了“哪怕画完就让我死去都值得”的作品。在交稿、得到责编“OK”的联络之后，立刻倒下被送进医院，但就是这样一部作品，最终发售了单行本。

记得在书店一角看到自己的单行本一字排开时，我紧张到甚至无法靠近。即便如此，内心的某处仍在悄悄祈愿，希望和人有朝一日能够看到这一幕。我已经交出了成果，所以和人也要加油。

我也依旧很享受 Cosplay。

然而，渐渐地，连续熬夜让我的身体很快垮掉了。身体一旦垮掉，想要重回正轨就必须花费时间。

身体垮掉就花时间去恢复，再垮掉，再花时间恢复……如此反复，最后连做衣服的力气都没有了。以最喜欢的动漫完结为契机，我远离了一切活动；其后，对于热衷的事情，比起“我喜欢”

的热情，“必须维持身体状态”的保守意识逐渐占据上风，也就不再制作衣服了。

就在此时，沙苗决定结婚。

我从衣柜中搬出收起的缝纫机，跑去以前常去的布料店，宛如体内接入了电源。

我为她制作了婚纱，一套纯白的婚纱。不是为了某个世界的某个人所制，而是为了独一无二的她所特别制作的婚纱。

那真是一段幸福的时光。我回想着与沙苗一起度过的时间，一针一线；再遐想着沙苗未来的时间，一针一线，无比精心地缝制。装饰用的珍珠全都一颗颗地手工缝缀，就连蕾丝皱褶的凸起部分都无比精心地制作，一切皆为了展现沙苗最美的一面。

婚纱完工当日，沙苗表示“茉莉结婚的时候，我就来做茉莉的婚纱”。但那天恐怕不会到来了。

身穿纯白婚纱的沙苗，美丽到让人感觉她浑身都在熠熠发光。看到这一幕，我的心中溢满“我做到了”的莫大满足感。

从那之后，就再也做不动Cosplay的衣服了，仿佛驱动我的“想做的事”已全部完成。Cosplay的快乐回忆至今仍在内心闪闪发光，尽情做一切想做的事的快乐时间是无可替代的珍贵记忆，事到如今我都心怀感激。正是因为在那个时间点得以满足，在此之后即便入院的次数不断增加，我也没有感觉到压力。若在彼时还有“想做的事”没能做完，就被迫从这些事上离开，过上住院生活，想必会是非常痛苦的。

从被告知“余命 10 年”时算起，时间进入第 10 年。

尽量不创造值得珍惜的东西——我以这样的方式小心谨慎地活着。

这份努力，换来了如今的安心。

要跟父母与姐姐告别仍旧令我悲伤，而让家人悲伤也给我带来了痛苦。只不过，除此外再也没有难舍难分的人和事了。沙苗有了温柔的丈夫。美弥那些短大时期的朋友踏上了各自的崭新人生，每个人都很忙碌。时而有邮件发来，时而有邮件回复，这份距离感对于现如今的我们而言是最合适的。“想做”的热情已经落幕，梦想也姑且留下了结果。再也没有什么能够挽留我、让我恋恋不舍的了。

在礼子的建议之下开始动笔记录心声的笔记，也在夏季能够出院的时候丢掉了。

那时我还能够勉强行走，于是便拜托桔梗，说自己想去群马县，并让她带我去了小学。

那是一个炎热的夏日。

早已决定了下来。若要丢弃我的回忆，唯有此地。

才进大门，我便不容分说地回想起与和人在一起时的记忆，因而很是难受。

人生最后的恋爱被珍藏在心底最深处。那是我人生中最好的一段时间。

爱上和人，也被他爱着，两人一起聊天，一起笑，彼此相拥，全都是幸福。

径直穿过无人的操场。每迈出一步，都开启一个回忆；每迈出一步，都有和人的表情鲜明地浮现于脑海。一步，听到他的声音；一步，见到他的笑容；一步，触碰到他手指的热度；一步，唇瓣重叠的感触；一步，发光发热的眼瞳；一步，无与伦比的温柔；一步，孩童般的脆弱。一步一步，和人不断满溢，似乎要将我溺毙。

就在我几乎要窒息在和人的回忆中时，校务大叔的声音将我喊醒。我这才蓦然回神，顺利地将写满了我心声的笔记丢进了学校的焚化炉。

写满的每一个日子被火苗吞噬，转眼焚烧殆尽，化作一缕白烟，消失在天空中。

内心的矛盾、苦痛的泪水、为数不多的快乐日子、竭尽全力的恋爱，全都燃烧殆尽，消失在天空中。我最终也将如此消失在同一片天空之中吧。那肯定要花上很长的时间吧——那时我这么想。

在那之后，我再度因身体撑不住而入院，迎来了一场前所未有的探望。

从床上起来的瞬间，眼前突然一片惨白，分明还有意识，却什么都看不见。勉强按下了呼叫铃或许是一种幸运。血压没有任何预兆地急速降低。

“不行了，赶紧送 CCU！”

医生焦急的声音从惨白世界的另一头传来，病床随即开始移动。围绕在周围的医生、护士的声音都好迫切。我置身于惨白的世界，就在思索“啊，大概不行了”的瞬间，忽然感觉被一股强大的力量拽了下去。我紧紧抓住病床的护栏，却仍被不可抗拒的力量拖拽着，于是又一把拽住身边医生的白袍。好可怕。这种虽然是理所当然却没被事先告知就被拽向“死亡”的感觉，令我感到强烈的不安。

医生们进行了一系列抢救后，总算让我停下，不再往“那边”走。但毫无疑问，那就是“死亡”。

直到现在，只要回想起被那股强大力量拖拽着的感触，我就会浑身起鸡皮疙瘩；竭尽全力想要逃跑时抓紧医生白袍的感触也历历在目。好可怕。“死亡”比想象中的要恐怖几百倍。

然而，那个瞬间确实还将再度来临。

下一次，或许就再也抓不住什么了。或许再也无从抵抗。

但只要不接受那种恐怖，我的“现在”就不会终结。想要终结这种绝对谈不上像个正常人的生活方式，就必须再经历一次那个瞬间。

（就没有什么更加稳妥，让我在睡梦中死去的方法吗？）

我如此祈愿。分明已经进入倒计时了，每天却仍清晰地感到痛苦，挫败感如同岩浆般堆积在我无法自由挪动的身体里，有时甚至会打击到爸爸妈妈，以及跟我那么相亲相爱的桔梗身上。我的个性原本是让周围的人变得活跃开朗，没想到就连关心别人都变得费力。

关心他人、温柔对待他人、原谅他人，这些理所应当的事都使身体受苦，再也做不到了。最近，心理医生开始来给我做心理治疗。我得知，当身体垮掉的时候，内心也会跟着垮掉。“这也是理所当然的,所以嘴上说得狠一些也没关系。”医生这样告诉我。但对我来说，无论何时都不想被人讨厌、时刻小心翼翼地笑着、逗笑他人，是我一直守护着的自我存在价值。要让我对父母歇斯底里地大吵“别管我了！”“别再来了！”,或冷言冷语地责怪“桔梗太吵了”，不仅会让对方备受打击，想必过后也会对自己备感绝望。

走向死亡高潮的时间，任何事都不自由，无处可逃，又没有足以支撑逃避的双脚，真是一段令人郁闷的时间。

从窗前横飞而过的雪花似乎稍微大了一些。

一片一片聚成一团，或许会堆积起来。新闻节目肯定会推出感叹“薄弱的市中心交通网”的话题吧。今晚还是不听广播，改听音乐吧。

今晚，无论父母还是自从我被转移到 CCU 之后就回到东京娘家暂住的桔梗，都不会过来了吧。好一个安静独处的夜。

这不叫寂寞，而是安心。

只要没人在，就不必说话。我这才意识到，连说话都需要用到体力，都不得不让心脏和肺部全力运转起来。曾经那么健谈的“节日的孩子”茉莉变得沉默不语，一般人都会误会成不开心吧。要么为了纠正这些人的想法而勉强自己开口，要么就让不明所以的人明白，光是开口说话就让自己很疲惫……结果还是得出“自己待着比较轻松”这样一个结论。

所谓“独自一人会很孤单”，不过是他人强加的想象。

我选择了独自一人的道路。

这样就好。若和人在身边，我或许能够得到些许的拯救，但肯定也会让我的某些部分崩坏殆尽。或许，以我的性格来说，应该是崩坏的东西居多。

独自一人的夜晚就这样平淡地度过。

眺望着窗外飘落的雪花，时间一分一秒地朝终点平淡地走去。

“茉莉，身体感觉怎么样？”

一个入住普通病房、名叫凛子的少女突然出现在房间。这个年满 20 岁的少女——或许还没满——在我看来仍是一个稚气未脱的年轻女孩。她一头短发，显眼的粗眉给人伶俐的印象，是我数年前在普通病房认识的。和礼子相同，都是病友。

“这个，是我给茉莉做的，怎么样，喜欢吗？”

凛子从连帽卫衣口袋里掏出看上去不知是狗还是熊的毛线编织玩偶。虽然是最近才开始制作，这项爱好却让她沉迷到不可自拔。这个玩偶颇有些微妙，但比第一次的成品——看上去不知是老虎还是猫，其实是狮子——这次的作品明显进步了许多。

“茉莉说过自己是狗派，所以我做了狗。是豆柴哦。”

凛子把手掌大小的玩偶放在桌子上。漆黑的眼睛一对视，茉莉就心生爱怜。

“好可爱……”

“你会收下吧？”

“谢谢，我会好好珍惜的。”

这样一说，凛子不由得喜笑颜开。然后不愿久留似的转过身去。

“我会再给你发邮件的。”

“回信一直很慢，对不起。”

“没事、没事，写邮件也要用到体力的。你不必为我担心，茉莉。”

凛子很清楚我的身体情况。她热心学习，对自己的病症调查得一清二楚。换言之，我成了她的偶像。彼时的礼子是现如今的我，彼时的我是现如今的凛子。我们得的是相同的疾病。

“那就回见啦。”

“凛子，下周的导管检查要加油哦。”

“嗯，虽然讨厌，但我会加油的！”

“桥场医生技术很不错，麻醉也不会太痛，所以不会有事的。”

“茉莉这么说，我就有勇气了。”

凛子带着炯炯有神的双眸笑道，随即走出房间。

一屁股端坐在桌子上的狗狗玩偶那张天真无邪的脸真的很可爱。

我也想要做些什么。想是这么想，可我一直没有碰过针线。失去喜欢的事情固然寂寞，我却意外地能够冷静地制止自己。因为不知不觉间，我好像开始感受到了针线的重量，长时间动手的力气和集中精力的耐心消失殆尽了。所以，就连做不了这些事的悲痛都感觉不出来了。

又一样重要的东西埋进心底。在内心某个破碎却安宁的地方，竖起了几座墓碑。曾经喜欢的事物，如今丧失的事物，全都不曾放手，而是安静地埋在心底。在那里，站立起身、独立上厕所、听着音乐度过时光、关注新出的甜点……各种细微的日常琐事也全都会立起墓碑吧。

希望尽可能地在失去全部之前，竖起真正的墓碑——我如此祈愿。

希望失去全部、只能躺在床上的时间不要到来。

希望家人会觉得即使我去世了也没关系，好好生活下去。

只要肌肤仍然温暖，这孩子就还活着——母亲或许会抚摸着我的手如此说。我的体温或许能够温暖并慰藉到母亲的心。真到那时，从“我”的角度来看，“我”已经完全死去了。

假如没了处理排泄的能力和最基本的意志，我绝不承认那种状况还算“活着”。

神啊，趁我状况还好，杀了我吧。

尽管也有想过“为了家人我要活下去”的阶段，但如今我已经丧失了贯彻这股意志的力气。我的苦痛远远压倒为了让谁展露笑脸的毅力。

我想要活着——就连这份体谅人的心意也埋葬到心底的墓碑之下了。

桔梗来了。

桔梗如今住在东京的娘家。聪表示，她应该尽可能地离我近一些。并且同时，这其中也包含了“待在即将失去女儿的父母身边”的意义。真是个温柔体贴的人，能和这样的人成为一家人真让人高兴。

“茉莉，今天怎么样？之前的雪好惊人，好久都没见过这样大的雪了。”

桔梗在病床一旁的折叠椅上坐下，以温柔的声音缓缓说道。

桔梗的动作跟我缓慢的心跳频率一致，十分平静。

“只要稍微把床头调高就能看到，真的很漂亮。”

“是吗？那就好。”

桔梗平静地微笑着，温柔地抚摸我的头，如同对待孩童一般，但我并不讨厌。

就在此刻，不知为什么有了种不可思议的感觉。

那并非气氛之类的模糊感觉，尽管没有任何实质性的物证，我却敢对此下断言——桔梗身上肯定发生了什么，手的温暖都和平常不一样。这应该是某种没有科学根据，而是在灵魂层面拥有相同血脉的姐妹才能判别出来的、称为“绝对”的感觉。

“桔梗，你是不是……发生了什么？”

话一出口，桔梗便用吓了一跳的表情向我看来，然后吃惊地反问：

“你怎么这么想？”

“总感觉你跟平常不一样了。”

桔梗的表情猛地一变。本以为她会哭出来，没想到她却一边露出困惑的表情，一边笑了起来。

“好敏锐啊，茉莉。”

桔梗羞愧地说道。

随即，桔梗的下一句话如同先前看到的雪花，从空中闪闪地飘落，轻柔地落到我的肌肤上，继而缓缓渗透。

“我怀孕了。”

桔梗怀上了孩子。

“茉莉有外甥或外甥女了哦。”

对我而言，第一次有了外甥或者外甥女。

再度仰望桔梗的脸，只见她看似羞愧，实则洋溢着喜悦的灿烂笑容。这是一个代表桔梗本人，代表聪的太太以及即将出生的宝宝的母亲的笑容。

“太好……了。”

除此以外，我再也说不出其他的言语。

虽说知道这件事早晚都会来，但冲击仍比想象中来得强烈，毫不夸张地说，这个消息从骨子里动摇了我。比起首都圈积雪、交通网瘫痪，这条新闻更值得大报特报。好想让全日本——不，全世界——都知道。

桔梗怀孕了！

我有外甥或外甥女了！

“现在只有 2 个月大，要到秋天出生。”

“最热的时候得挺着大肚子，真辛苦。”

“是啊。不过听说最热的时候养孩子才麻烦，能生在秋天或许值得庆幸。”

“就是说啊，毕竟是第一次养孩子。”

“也是茉莉的第一个外甥或外甥女哟。我会在这边生产，所以你要帮我哦。”

心猛地抽紧。

桔梗的手指插入我的头发中，温柔抚弄，如同抚摸小孩子最珍爱的玩偶的头发。不，从今天起，就成了母亲抚摸珍爱的孩子头发的动作，因为她看我的眼神不一样了，仿佛圣母一般，闪耀着慈爱的光辉。

帮忙养育孩子这种事，我是办不到了——无论是我还是桔梗，都心知肚明。说到底，谁都不知道到了那时候我能否出院、能否活得更久。即便如此，此刻我们仍沉浸在幸福的姐妹对话中，想象着幸福到令人不敢置信的秋天的到来。

“得给宝宝想名字了。”

“聪已经想好了。”

“不愧是聪，动作真快。”

“说到这个简直搞笑。我还以为他会跑去买起名的书呢……”

桔梗忽然想到了什么一样，笑得肩膀颤抖。自从我入住CCU，还是初次看到桔梗如此的笑容。对于桔梗被赋予的生命的宝贵，我从心底表示毫无伪装的纯真感谢。

“结果聪买了本介绍野草的书回来。他还说，既然是桔梗的孩子、茉莉的外甥或外甥女，当然还是要起这种名字。”

“……跟我扯上关系真的好吗？”

“那还用说？我们是一家人。”

这句话将病房内被浸染了的悲伤和不幸全部拭去。

自从得病，失去的东西太多太多。

曾经拥有的东西从双手中迅速掉落，却又无法阻止，这很可怕，不如索性由自己主动舍弃，因而我主动放弃了很多东西。

舍弃了对将来的想象。舍弃了对工作的憧憬。舍弃了与常人相同的生活方式。舍弃了生孩子的希望。舍弃了结婚。舍弃了恋爱。舍弃了朋友。舍弃了爱人。留下来的唯有家人，唯有他们无法舍弃。尽管也想要一并舍弃，但这样一来我也就没有了活下去的方法——仅仅为了这种无情的理由，我将他们留了下来。这是我所仅有的了。他们认可我，接受我，与我活着的价值直接关联。

“名字……我也想要帮忙起。”

“嗯，我们一起想。桔梗和茉莉之后的第三代。”

一句话，使得我与那个尚未出生的孩子之间产生了关联。

尚未谋面的孩子。2 个月的胎儿会有多大呢？在桔梗起身的时候，我无意中看到了她依旧平坦的腹部，完全看不出其中孕育着一条生命。

而孩子确实存在。

当晚，我开始思索。

思索家里的餐桌。

自从桔梗出嫁，餐桌的位置就空出来了一个。自从我入院，又多出了一个空位。只要我不回去，那个位置就会永远空出来。

家里的餐桌坐满四个人的时候相当热闹。随后变成三个人，为了维持热闹，我变得十分话痨。而变成两个人时，爸爸和妈妈是怎样坐在餐桌前的呢？是两人挨着坐，还是妈妈坐在原本属于桔梗的位置，与爸爸面对面？两个人的餐桌上，还有欢声笑语吗？

这总让我很害怕。让坐在餐桌前的人数只剩下两个，可谓最大的不孝。

然而，将来不同了。

只要桔梗回娘家，就能坐三个人；聪也过来玩的话，四个位置就能全部填满。然后，等到宝宝出生……（椅子就不够用了……）

熄灯后的病房漆黑一片，我置身于心电图显示器和点滴的光源忽明忽暗的隐约光亮中，扑哧地笑了。

想都没想过竟然会发生座位不够用的情况，这种奇迹般的事令我止不住地欢喜。

爸爸要做外公了，妈妈也要做外婆了。

白发人送黑发人的父亲十分不幸，母亲想必也会承受悲痛吧。然而，“外公外婆”的称呼就如同冬日里暖洋洋的热水袋，充满了无可比拟的幸福感。到了秋天，爸爸妈妈就要做“外公外婆”了，这堪称可贵的奇迹。

人类的死亡不过是简单的减法，而人类的诞生则是乘法算式，加法不足以形容。

即便我与这孩子的人生终将擦肩而过，我们之间仍通过桔梗相互联结。这孩子是我毋庸置疑的外甥或外甥女，我是这孩子的姨母。尽管生不了孩子，我还是做了姨母。等到这孩子也生了孩子，我也将跟那个孩子相互联结。

如此，家人如同枝叶生长那般增加，空位将被新生命填补。如此，到了将来我也能与某些人产生关联；而在过去，我与这个世界的联结也是通过某个生命而产生的吧。

闭上双眼，绿色的光点在眼睑的外侧明灭闪动，宛如尚未谋面的那个孩子强有力的心跳。

透过窗户能够望见纤细枝头上悄悄绽出了嫩叶。

虽说不清楚外界的气温，但想必春意还是一点点地来临了。每天趁病床摇起来时，观察窗外不断生长的嫩叶，成了我的乐趣。在整日忙碌工作的医生护士看来，树叶必定在不知不觉间变得茂密，今年的四照花必定也在不知不觉间盛开，他人眼中这种毫无情绪可言的四季变化，我则看得一清二楚。尽管四季变换无法以肌肤来感觉，却能够通过视觉来观察。

不知从何时起，每当我的病房进行扫除的时候，风从敞开的窗户吹入，由此可以感受到季节，我深深体会到了这一瞬间的珍贵。终有一天我会失去一切，因此对这些理所当然的事也必须心怀感激。尽管也有过置身于这种“理所当然”而生出傲慢情绪的时刻，但正因为有着“这样一天”终会到来的觉悟，我对于这些琐碎之事比旁人更加敏感，这是一种没被宣告过“余命 10 年”的人生所无法建立的生活方式。

虽然算不上侥幸，但我想说，这种生活方式也不错。

凛子来到病房中探望我。她看上去气色很好，或许是快要出院了。果不其然，她向我报告下周即将出院的消息。

“太好了。这次住院比平常来得要久，所以出院后要尽情地消除压力哦。”

“总之想先去吃好吃的。”

不知是不是顾虑着我，凛子说得有些羞怯。

出院的人会有一种将住院的人丢下的感觉，有时也会高兴不起来。虽说是种奇怪的同伴意识，但病友就是这么回事。

“茉莉，这个给你。”

凛子递过来一个与前几日送来的毛线豆柴颜色不同的玩偶。

她自说自话地拿起放在桌上的豆柴，把茶色与黑色的两个玩偶放在一起。

“只有一只有点可怜，所以我给它做了个朋友。算朋友？恋人应该也不错。”

凛子长着一张留给人聪明印象的脸，却认真地说出孩子气的话，让我觉得好可爱，因而不由笑了出来。

20岁的时候，总觉得20岁已经算是个成熟的大人了。

对比10来岁，20岁的人已经能够区别善恶，因此绝对不蠢，但仍没有多少防备心。虽然什么都没有，却总觉得自己天下无敌，任何时候都是轻松自由的，带着一股谁也管不了我的骄傲。

然而，那只是一种年少无知罢了，无论经验还是学习都远远不够，唯有幻想出来的强大。

20岁，还是个孩子啊。独自一人就会心中没底，没有朋友和恋人就会不安，也没有独自活下去的坚强，还是个孩子。

“谢谢，凛子，我会好好珍惜的。”

“孤零零一个人的话会很寂寞的。”

我以双手接过两只玩偶。

其实也没有那么寂寞啦——当与两只豆柴的眼睛相对时，某种不可思议的感觉从思绪中掠过。

凛子离开病房。我在又一次恢复寂静的房间中与两只玩偶面对面。

茶色豆柴的眼珠在电灯的照耀下，看上去有些湿漉漉的。明明是塑料的无机物纽扣做成的，但将它放在黑色豆柴身边时，那对眼睛仿佛发出了清澈的光芒，这又是怎么回事?

“很……高兴吗？”

我喃喃自语般地询问。当然不可能得到回答。

“会寂寞吗？”

面对不会说话的玩偶，我清楚自己的脸正因屈辱感而变得扭曲。好不甘心。还是个孩子啊，不知为何有了一种被自己所看轻的对方射中靶心的感觉。

凛子还一无所知。

她还没考虑过余生 10 年的生活方式，带着无敌又轻松的自由感活着。明明是同样的病症，她却能够出院，能吃到美味的食物，虽然无法工作，却能过上最基本的生活。如同曾经的我那般，仍然有大把的时间。

如此想着，我忽然惊觉到自己是在嫉妒。

手掌中的玩偶已被捏到歪曲变形，就在我想也不想地准备将玩偶扔掉的当口，护士说着“高林小姐，该换点滴了”走了进来，我慌忙熄灭了点燃的冲动之火。

我缓缓摊开手掌，将两只玩偶并排放在桌面上，随即躺倒。

嫉妒。我竟然还有心情去嫉妒。

然而，对凛子的这份嫉妒心简直让我羞愧至极。那孩子将来必定要遭受非常非常多的苦楚，无论她选择何种生活方式，我们的终点都是一样的。如同先前的礼子那般，我也是如此，凛子在

10年之后也将到达同一个终点。

等到那个时候，那种“孤零零的一个人好寂寞”的廉价软弱也该消失了吧。

（无论哪种生活方式都很好……）

内心狠狠地如此叫喊，却没听到回应。无论到何时都不会有回应。因为我必将死去，这是唯一的定数。正因如此，我始终不愿面对死亡的恐惧。如果认真面对这些，我必定惧怕到一步都迈不出去。“生”之艰辛将由“死”来拯救，若不这样去想，我就无法做到向死而生。

这没有错。

我没有错。

在那之后不知有没有睡着，当我醒来的时候，周围再度陷入寂静。

听不见医生护士嘈杂的声音，也听不到其他患者的动静，感受不到前来探病的家人的气息。唯独这间病房像被时间彻底抛弃那般，沉浸在深深的沉默之中。

该不会是已经死了吧——我如此想，然而动了动手指，仍旧能够抓到硬邦邦的床单。

试着侧耳倾听，捕捉不到任何人的声音。我独自一人——内心如此低喃过后，我被一遍又一遍地击溃，感到久违的痛彻心扉。难以言喻的痛苦在胸中扩散，没过多久，胸口便因泪水而胀满，眼泪从眼眶流出，顺着鼻子往下淌，渗进枕头。

有声音从沉默的内心深处晃悠悠地浮了上来，不知在说着什么。如同相机对焦似的，一旦瞄准就能听出那是个在呼唤我的男人的声音。不要苏醒过来——我一边祈祷，一边僵硬着身体等待声音传到耳边。

不久之后，响起了和人呼唤我的声音："茉莉同学。"

沉没在记忆最深处的声音，唯有在我哭泣的时候才会浮出。一开始我努力将其遗忘，但只要听到这个声音泪水就会止住，因而便放弃了硬要自己遗忘的念头。

呼喊着"茉莉同学"的声音，给内心带来了慰藉。

我总是静静地聆听那个声音。然而今天，我做不到了。

那声音决堤一般地闯入回忆中来，用钥匙将牢牢锁在最深处的盒子打开了。与和人一起度过的记忆形成一股浊流，冲破了心灵和身体的堤防，倾泻而出。

满溢，满溢，满溢，最终沉沦。沉沦，沉沦，沉沦，最终溺毙。到处都是真部和人，让我无法呼吸。关于和人的记忆，一下子涌出了如此之多，接下去又该怎样复原？要全部收拾起来吗？要半点不留地继续锁进记忆深处吗？一方面惴惴不安，另一方面却冒出自暴自弃的想法。无所谓了，直到最后的最后，就跟和人的回忆一起度过吧。病床上方、桌子上、地板上、墙壁上，房间内全部被回忆所掩埋，如同看电影、翻看相册、吃点心，就让我在耀眼的回忆中度过吧。

沉浸在与和人一起的记忆之中，我茫然地思索着。

莫非我后悔了？

若说没有，肯定是撒谎。然而，若被问及是否希望他如今就在我身边，我还是觉得他不在比较好。现在这个消瘦衰弱、面带病容的我，无论如何都不愿让他看见。太过幸福就会对死亡心生恐惧，死别又太痛苦，所以我不要。说来说去，果然只有那一个选项。到最后，打着“为了和人好”的旗号，其实还是狡猾地为了自己。为了让自己不那么辛苦，我选择了分手。

虽然不后悔，但分手并不是正确答案。然而，人生就是这些选择与回答的叠加。如此，我们相互妥协，勉强坚持了下来。

但，果然还是……

若能袒露真心的话，果然还是……

果然还是，很寂寞。

相当、相当寂寞。孤零零一人果然很寂寞。有些夜晚想要被他握住手，内心充满了渴望被拥抱的不安，若能在幸福之中死去该有多好。

死亡这事，其实真的很讨厌。若能逃掉，真的很想逃开。好想再度外出行走，在天空之下，以轻快又自由的双腿随心所欲地漫步，让“无敌”的自己尽情感受季节的气息。

追逐缤纷的落樱，仰望从新绿的枝叶间流泻而下的阳光，踩得落叶织成的绒毯咔嚓作响，以双手接住纯白的雪花。

若还有和人在身边，他的笑容则是其他的幸福全都无法匹敌的。

“好想见你……好想见你啊，和人……”

唯有桌面上那两只豆柴玩偶注视着我。

注视着那个到最后都没将真心告知任何人的我。

若将来还能遇上凛子，一定要道一声谢，感谢她送了我那对玩偶。我把它们两个交到了桔梗手中。若问为什么道谢，是因为玩偶正好是“两个”。

尽管直到最后都无从得知，但我家餐桌旁的椅子还需要“两把”。

那又是一层无从知晓的幸福奇迹。

今后的故事，我不再知晓。

二十二

殡仪馆的祭坛上，摆放着一位美丽女性的照片。明明还那么年轻……就连工作人员都悲伤地注视着照片。安静的守灵仪式上，一位身着和服袴的青年现身。沙苗上完香转过头去，留意到那位在最后一排落座的青年正是和人。

所有人都移步去了隔壁房间，挺着大肚子的桔梗引导着众人去用晚餐。当看到从群马赶来的美幸正靠在墙边哭泣，桔梗温柔地抚摸着她的肩膀。

“您是真部先生吧？”

看着直到最后都坐在席位上一动不动的人，沙苗开口询问。

和人瞬间回想起了从前的某本杂志。

看着霍然起身的和人，沙苗生出一股心疼。只要一想到这是自己好友所爱的人，她便不胜感慨。

“您是来见茉莉的吗？”

“正是如此。”

“我去跟叔叔他们说一下。”

沙苗走出房间，和人目不转睛地注视着祭坛上茉莉的照片。看着照片中开心微笑着的茉莉，和人内心堵得发慌，同时又十分平静。

短大时期的朋友们正围着茉莉的母亲哭泣。“明明才和好没多久……”美弥哭着用手绢掩面，其他两人则哭得说不出话来。茉莉的父亲耷拉着脑袋站在那群人旁边，沙苗走过去说了些什么。得知和人前来，父亲站在原地向和人深深低头致意。和人恭敬地回礼之后，沙苗折回他身边。

“真部先生，您请。”

“非常感谢。”

身着和服正装的他，缓缓地朝茉莉走近。棺木中的她像是安详地沉睡着，身穿纯白的婚纱，被茉莉花所环绕。

“这是我做的。”

“是吗……”

“我跟茉莉有过约定。茉莉会为我的婚礼制作婚纱，我也会为她制作。”

和人注视着声音哽咽的沙苗。

“茉莉啊，自从与您分手就为了实现梦想而拼命，为了成为职业漫画家而努力。”

“她的书，我买了。是她姐姐告诉我的。”

“真的？茉莉要是知道了肯定很高兴……故事的主人公，应该就是您吧？”

“是啊，原来我在茉莉眼中是这个样子，都不知是该高兴还是叹息。”

“是非常可爱的角色哦，我很喜欢。只要是茉莉画的，我全部都喜欢。她是我独一无二的好友。”

“这样啊……”

“啊，对不起，接下去你们独处吧。”

沙苗淡淡一笑，走向一旁。和人回首将她喊住。

“啊，沙苗小姐。”

“什么？”

“茉莉所做的，只有画漫画吗？”

沙苗略显吃惊，随即展露出明朗愉快的表情。这分明是一个大悲的日子，她却流露出了曾经的欢愉。

“不，直到最后她都在玩Cosplay，跟我们一起尽情欢笑。她总是哇哇大叫，像个孩子，茉莉有过很多欢笑。就算曾因漫画参加比赛落选而叹息，她也总是开开心心的。我们最喜欢跟茉莉在一起了。我最喜欢的就是那孩子的明朗。”

“……就像一场节日庆典，对吗？”

“没错，一场节日庆典。所以大家都没怎么哭。跟茉莉共度最后时光的我们，总觉得哭不出来。因为真的很开心，非常快乐……非常满足。就像看到烟花之后的那种感觉。是不是很奇怪？”

“……不会，一定是一场很绚烂的烟花……”

和人安详的笑容让沙苗胸口堵得慌。她确认了茉莉痴情的爱不是独角戏，然而那个欢欢喜喜的人已经不在了，这使得沙苗异常心痛。这种疼痛，也让她意识到了茉莉的死。

沙苗离去，室内只留下他们两人。

和人缓缓伸手，触碰茉莉的脸颊。尽管不是熟悉的感触，他却因“终于到达了”而感到纯粹的喜悦。

“茉莉……茉莉同学……”

他小声呼唤。仿佛茉莉会立刻睁开眼睛那般。

“……你真努力。我也很努力。今年秋季的茶会我会出席。老爹他啊，也终于认同我下任家主的身份了。今后我也会继续努力。更加地努力……只要我还活着……这3年里，我一直在思索挽留你的话。时间逐渐流逝，我却完全不能放弃……明明跟你约好了要放弃的……我思考了整整3年，还是没能得到答案。不过啊，总有那么一天，等我迎来死亡的时候应该就能明白了。到底该跟你说些什么才好……我会过上让自己明白的生存方式的……”

和人抚摸过面颊，又触碰了耳朵，继而帮茉莉梳理头发。拉起放在纯白婚纱胸前那只一动不动的手，不禁落泪。他用双手包拢茉莉的手，流到面颊的泪水分明滚烫如沸水，她的手却僵硬又冰冷。

“能够与你相遇真是太好了……光是这样我就很幸福……谢谢你，茉莉……等出席过茶会，我就要去相亲了……我会跟对方结婚的。这样你能稍微安心一些了吗？会喊着‘了不起，了不起’吗……就像，那时候一样……”

站在入口处的沙苗一直倾听着和人的呜咽，拼命克制着，不让自己泪流满面到崩溃。

“……永别了，茉莉。”

轻轻放开茉莉的手，和人吻了吻她。

和人的眼泪顺着茉莉的脸颊滴落。

“永别了。”——他想，茉莉也会这样回答他。

二十三

小学的校园中出现一个男人的身影。校务员关闭焚化炉的门，穿过恢复寂静的操场，跑到男人身边。

“你想做什么？”

突然被喊住的男人吃惊地转头，随即低头致意。男人年龄三十过半，相貌堂堂。

“对不起，我是这里的毕业生，许久不曾前来，有些怀念就……未经许可就擅自入内，真是抱歉。”

“啊，这样，毕业生啊。”

面对身穿白色 Polo 衫的男子，校务员不由回想起 8 年前的那个夏日，同样有一名来访者。

校务员龇着牙说道：

“你也是来丢弃回忆的？”

“欸……？”

男人仿佛被人猜中心思似的十分吃惊。

男人被招呼进了校务员室。他端着校务员招待的冰麦茶，显得有些不好意思。校务员对他说起了 8 年前的那位来访者。

“非常不可思议。我还以为对方是幽灵，但她有脚。是个身穿纯白连衣裙的美人，但她瘦得不成人形，一看就知道身体哪里出了问题。那天和今天一样是个大暑天，她往焚化炉里丢了些什么，好像是笔记，一张张撕下来丢的。我上前询问‘你在做什么？’，就像刚才问你那样。然后她回答‘我是来丢弃回忆的’，说自己也是这里的毕业生。还说无论如何，都决定了最后前来的地方必须是这里。你看，不是很像幽灵吗？但她丢掉的笔记本留下了燃烧的残渣。那到底是什么啊？”

“她把回忆丢了？”

默默听着的男子忽然插话。校务员点了点头，喝了一口自己的麦茶。

“没错，应该就是那个笔记本吧。所以你一说是这里的毕业生，我就觉得你可能也是来丢弃回忆的。看到你之后，我忽然就回想起来，8 年前也有过这样的事。”

校务员啊哈哈地笑起来，男子也跟着笑了。

“请问，我能不能去校舍里看看？”

“啊，请便。过去的涂鸦也都还是老样子哦。啊，不过能不能把你的名字报一下？”

“啊，对不起。”

男子边起身，边回答：

“我是 26 年前的毕业生，真部和人。”

“这样，26 年前啊……你就慢慢看吧。”

男子低头致意后朝外走去。随即,像回想起什么似的补充说道：

“8 年前的人，应该是高林茉莉。她也是 26 年前的毕业生。”

校务员转头，就见和人微微一笑，走出了房间。

校舍仍保持着当时的模样，也与当时记忆中的别无二致。幼年的茉莉和长大后美丽的她，全都在这里。

和人缓步经过 3 年 2 班的教室，向图画工作室走去。

他毫不迟疑地走向最深处的架子。架子上仍旧堆满了胶合板。和人慢慢地将胶合板全部挪开，来到那片与当时相比热闹了许多的位置。

“好棒……真的变成传说了……”

和人自言自语着，暗自放缓了脸色，又屈膝抚摸起了某个名字。

架子上刻着的两个名字。并且在其周围，又被刻上了几十个男女的名字。这里聚集了许许多多未曾谋面的人的念想。

和人缓缓抚摸“茉莉”的名字，彼时的嬉闹声在耳边回响。

“茉莉……茉莉……”

自从你消失，已经过去了 8 年。

如你所说，无法触碰也无法拥抱的日子，已经过去了 8 年。

和人缓缓地对存在于这个空间的茉莉说道。那个不知世事的纯洁少女，以及后来背负着一切而生的她，他曾真心爱过这两个人。

“茉莉，到最后我还是没有结婚……”

和人从口袋中取出蒂芙尼的对戒，并排放下。无论是送她戒指的时刻，还是她返还戒指的时刻，对和人而言都清晰如昨日。

回想过去 8 年，和人深深叹了口气。随即，他对着她的名字微笑着说道：

“不过，遵守最后约定的时刻终于到来了……”

和人将在下周结婚。他终于寻获了能够真心相爱的人。

因此，他来到这里丢弃回忆。唯有这里最为合适。因此他才独自前来，却没想到茉莉在 8 年前也做了同样的事。已经哭泣过太多，本以为再也流不出来的泪水，却在此刻久违地潸然掉落。

走出校舍，和人直接前往焚化炉。只要想到自己正与8年前的茉莉走在同一个地方，他便备感安心。

站在焚化炉前，他打开炉门。凝视着手掌中的对戒，再一次握紧，随即投入仍残留着火星的炉内。

和人迈出脚步。

走在他的生存之道上。

* * *

小学中有一个传说。

图画工作室架子的最深处。挪开供毕业设计的版画使用的胶合板，恋爱就能实现。伴随着放学的铃声，今天也有一名有着心上人的少女来到此地。她挪开堆着的胶合板，不禁开始感叹，原来传说都是真的。

少女以不熟练的动作，将自己与心上人的名字刻了上去。之后，低头注视着雕刻成功的名字，少女满足地笑了。

被许多爱意簇拥着的中心位置，两个人的名字赫然在列。

在那里，他们两人永远相依偎。

——在那里，他们两人永远相依偎。

图书在版编目（CIP）数据

余命 10 年 /（日）小坂流加著；张静乔译．-- 成都：四川文艺出版社，2023.5

ISBN 978-7-5411-6610-5

Ⅰ．①余… Ⅱ．①小… ②张… Ⅲ．①长篇小说－日本－现代 Ⅳ．① I313.45

中国国家版本馆 CIP 数据核字 (2023) 第 043777 号

著作权合同登记号 图进字： 21-2022-404

YUMING SHI NIAN

余命 10 年

[日] 小坂流加 著　张静乔 译

出 品 人　谭清洁
策划出品　磨铁图书
责任编辑　邓　敏
责任校对　段　敏

出版发行　四川文艺出版社（成都市锦江区三色路 238 号）
网　　址　www.scwys.com
电　　话　010-82068999（发行部）　028-86361781（编辑部）

印　　刷　嘉业印刷（天津）有限公司
成品尺寸　126mm × 185mm　　开　　本　32 开
印　　张　10.5　　字　　数　190 千
版　　次　2023 年 5 月第一版　　印　　次　2023 年 5 月第一次印刷
书　　号　ISBN 978-7-5411-6610-5
定　　价　55.00 元